在舊書店重逢

さがしもの

角田光代

高倉燦 譯

目錄

旅行的書

我是在十八歲那年拿那本書去賣。

當時我離開老家，在東京獨自生活。住的是一間只有六張榻榻米大，附廁所的小房間。加上從老家搬來的東西後，房裡顯得更加擁擠，而且家裡寄來的生活費，因為喝酒聚會和看電影，很快就花光了，所以我決定把書和唱片全部賣掉。

我拎著裝滿兩紙袋的書，到學生街上一家靜謐的舊書店。裡頭沒半本高價的珍藏書，全是漫畫和小說。

店老闆坐在像是澡堂店員坐鎮的高台上，頻頻將眼鏡往上推，撥打著手中的算盤，當他看到其中一本書時，突然停下手中的動作，瞪視著我問道：「妳要賣這本書嗎？」

我不懂他的意思。這既不是剛過世的作家的初版書，也不是絕版書。而是到大型書店都買得到的翻譯小說。

「咦……它有價值嗎？」

我出言反問。但老闆似乎對我的提問不太滿意，誇張地搖搖頭，定睛注視著我。

「我說妳啊，這書有沒有價值，不該問人。應該由妳自己決定才對吧。」老闆說。

「話是這樣沒錯啦……」我不太高興地應道。為什麼我來賣書，還得聽舊書店的這位老先生說教。

「算了，沒什麼。」

老先生又開始撥打起算盤。原本是三千四百七十日圓，看妳一副窮學生的模樣，算妳三千五百日圓。老闆從算盤上抬起臉，以清晰的聲音說道。

沒想到這麼廉價，我大吃一驚。這每一本書都是我高中時代省吃儉用買來的。衣服、化妝品、雜貨、蛋糕的花費，我全省下來買書，但轉賣竟然這麼廉價。本以為舊書店會開更高的價錢買下。

老闆似乎看出我的心思。

「妳打算怎麼做？不賣了嗎？」老闆問。

「不，我賣。」我回答。

三千五百日圓，相當於今天參加聚餐的花費。我一臉嚴肅地收取老先生遞出的紙鈔和銅板。

「妳賣掉它真的沒關係嗎？」

我伸手搭向店裡的玻璃門時，老先生又再次向我問道。我轉頭一看，發現他面朝我拿起剛才那本翻譯小說。

「為什麼這樣問？」我不安地詢問。

「不，其實也沒什麼，賣了就賣了吧。」

老先生說道，疊起我帶來的書，捧著走進店內。然而，我卻一直茫然望著他座位處形成的空白，長達數秒之久。

在這段時間裡，我感到不安，擔心自己會不會因為賣了那本書，而造成什麼不便。舉例來說，我懷疑舊書店老闆是一位預言者，他向我提出忠告，要是賣掉這本書，我將會遭遇不幸。

但後來並未發生什麼怪事。

日子還是和平常一樣，沒什麼不同。

我出門上課，和朋友一起喝酒聚會，回到我那狹小的公寓房間後，倒頭就睡。和之前那本書在我手邊的時候沒什麼不同。

不久，當我大學畢業時，別說舊書店老闆問我是否真的要賣書那件事了，甚至連自己去舊書店賣書的事都忘得一乾二淨了。

畢業旅行我去了尼泊爾。其實原本應該是和朋友一起展開環遊歐洲之旅，但我手頭緊，最後只好打消念頭，決定改到比環遊歐洲更便宜的尼泊爾獨自展開旅行。

我就這樣踏上獨自一人的旅程，不過，旅途比想像中還要順利。在加德滿都看到四眼天神廟、焚燒屍體的寺院，走在加德滿都滿是塵埃的小鎮上。

我從那裡搭乘巴士前往博卡拉。投宿在博卡拉水庫旁的旅館，每天都過著搭小船、騎腳踏車的日子，生活悠閒。

在某個難得下雨的日子，因為百無聊賴，我走進旅館附近的一家舊書店。狹小的店內擺滿了來自全世界的旅行者在此轉賣的書。沒照語言或領域分類，德語的《環遊世界八十天》旁，擺著厚厚一本義大利語的平裝本，旁邊是一本泰國菜的食譜，再來是孤獨星球的西藏篇。這家舊書店光線昏暗，透著寒意。擺在店內深處的一張桌子前，靜靜地坐著一位戴著厚厚眼鏡的老先生，頻頻舔著手指翻閱一本比他的臉還大的書。

我心想，無論在哪個國家，舊書店都幾乎一個樣。悄悄將聲音全部吸走的書本。紙張老舊的氣味。透過書本傳來無數人輕細的氣息。

當中不時也夾雜了幾本日語書。史蒂芬・金的英文書旁，擺著封面破破爛爛的安部公房，一本寫滿了看不懂的漢字的中文書，旁邊擺著一本嶄新的遠藤周作。

起初，那完全未經整理的書本排列，看了令我煩躁不已，但後來漸漸只有書背處的日文會映入我眼中。

我聽著從敞開的店門外傳進沒間斷過的雨聲，視線在書架上游移，找尋我認識的日語。

突然間，我的視線餘光發現一個熟悉的文字，就這樣停步。

我就像要一把抓住它似地，緩緩移動視線。在一整排各國語言寫成的書名中，我努力找尋剛才從我視野掠過的某個東西。

很快就找著了。

那本書就在孤獨星球的墨西哥篇與法語版鵝媽媽中間，一副被擠得很難受的模樣。這正是我上大學那年賣掉的翻譯小說。舊書店老闆問我「妳賣掉它真的沒關係嗎」的那本書。在那一瞬間，我想起學生街的那間舊書店、老闆撥打的算盤，以及他問我「賣掉真的沒關係嗎」的沙啞嗓音。

賣就賣了，哪會有什麼關係。就連遠在尼泊爾博卡拉的舊書店也有這本書，不是嗎？我不屑地冷笑，取出那本書，隨手翻閱起來，但不知不覺間，笑容從我臉上消失。

這本書的最後一頁，故事在此結束，並附上版權頁，翻到下一頁，有其他書的宣傳，再來是空白頁。空白頁上寫著一個K字，並畫了一朵小花。像是以自動鉛筆描畫而成。

隔了幾秒後我才發現，這不是別人賣的書，而是我賣的那本書。

這個英文字母和花朵的插圖，是我高中時親筆所畫。高中時代的我忍著放學後不買蛋糕，省錢買下這本書，朋友請我借她，我還特別交代她，這是很重要的一本書，一定要還我喔，並半開玩笑地畫上插圖和自己名字的開頭字母。之前在學生街的舊書店賣掉這本書時，我都忘了這件事，但現在在博卡拉的舊書店，反而鮮明地憶起高中時的記憶。

這是怎麼回事？有人在那家店買了這本書，特地帶著它到尼泊爾旅行嗎？

這個小鎮可以看到許多日本旅客，所以這也不無可能。

我抽出那本書，迅速翻閱起來。

我該買下它嗎？還是應該將它放回原位？

經過一番猶豫，最後我還是買下了。我心想，這應該也是一種緣分吧，而且翻閱後感覺故事內容泰半都已忘了。當初只是想用它來打發時間。

我在一家只有牆壁和屋頂，與路邊攤沒兩樣的茶屋裡，一邊喝香甜的奶茶，一邊閱讀我之前賣掉的那本書。事實上，故事內容我幾乎都快忘光了。倒不如說，我發現它與我原本的想像有很大的落差。

書中有位女性，原本以為是主角朋友的妹妹，但其實是主角的女友，而且不知為何，我一直以為他們是四處到旅館投宿，但其實他們是租了一間便宜公寓。而且我原本的印象，這是一部描述恬淡生活的青春小說，但其實不然，故事來到半途，開始帶有推理色彩，緊張的場面接連出現。

我看得相當投入。很專注地找尋它與我記憶裡的故事有什麼不同。

雨一直下個不停。一名在店裡幫忙的小孩，窺望我攤開的那本書的封面，聳聳肩。整個書店都沉浸在雨聲中。不知不覺間，高中時代的我在文字後面若隱若現。那個不知道尼泊爾這個國家，也不知道愛情是什麼滋味的我。

我在加德滿都再次賣掉那本書。

其實我原本當這是個特殊的緣分，想將它帶回家。但因為我的行李過重，於是我將自己在博卡拉買的書、老舊的連帽T、尼泊爾的旅遊指南，全賣給一位在路旁擺攤的背包客。這名看起來像在世界各地流浪的男子，只要旅客肯賣，他什麼都買，同時什麼都賣。連破洞的襪子、褪色的旅行箱，也都擺出來販售。我帶來的那些東西，他二話不說就掏錢收購。賣來的錢，我當天晚上直接拿來喝啤酒、吃水牛肉串燒。那獨自一人的晚餐，是慶祝我在尼泊爾的最後一夜。在返回住處的路上，路燈照亮那位在路旁擺設商品販售的背包客。我那本書也在他的販售商品中。靜靜地擺在哆啦A夢圖案的手錶旁，等候某人將它拿起。

舊書店在世界各地皆有。捷克有，義大利也有。蒙古的舊書店是在路旁販售，寮國的舊書店是在慶典時擺攤販售。

而我第三次遇見那本書，是在愛爾蘭學生街上的一家舊書店。

我因為工作的緣故，都會去那條學生街。那個小鎮每年十月都會舉辦盛大的音樂祭。小鎮每天都在各個地方演奏爵士樂、搖滾樂、古典音樂。我因為採訪而在那個小鎮停留了幾天。

就在我即將完成採訪，返國的日子將至的某天傍晚，我離開飯店前往酒吧，但我要去的那家酒吧仍店門緊閉。得再等上一個小時才會開門營業。為了打發時間，我在鎮上遊蕩，打開某家書店的大門。本以為是一般的書店，但一打開門，馬上聞到舊書店特有的氣味。就像還殘留著幾天前下的雨，也像文字滲進寂靜中一般，一個熟悉的氣味。沒錯，不管走到世界的哪個地方，舊書店都是這個氣味。即便是路邊攤也一樣。

反正只是為了打發時間，所以不管是一般書店，還是舊書店，都無所謂。我擠進門內，一邊嗅聞盈滿店內的氣味，一邊望向那排列整齊的書背。

當時我完全忘了學生時代被我賣掉、後來在博卡拉發現，在加德滿都又再次賣掉的那本書。因此當我看到那有點眼熟的書背時，一時沒搞清楚狀況。我望著那本書愣了好幾秒後，才發現我知道這本書。

但不可能是同一本書才對。這樣的偶然不可能接連發生。

只為了確認這不是我賣掉的那本書，我從書架上抽出它。我的書最後一頁應該會有我的塗鴉。記得有我名字的開頭字母，以及花朵的插畫。我慢慢地翻過版權頁，翻過宣傳頁，接著從那一頁發現已開始顯得模糊的開頭字母以及花朵插畫。

這肯定是我十八歲那年賣掉一次、畢業旅行又賣掉一次的同一本書。

我拿著那本書去收銀台結帳。之後我捧著書走向我要去的酒吧。酒吧已經開始營業，但裡面還沒什麼人，我坐向吧檯，點了一杯健力士（Guinness）黑啤酒後，拿出那本書開始翻閱。

很沒真實感。這該不會是夢吧？愛爾蘭、音樂祭、採訪、舊書店，該不會全是無比漫長的一場夢吧？

但送來的那杯健力士，明確傳來它特有的黏滑口感，從香菸前端落向手背的菸灰，也有明確的灼熱感。我喝著健力士，聆聽輕聲播放的愛爾蘭音樂，將那本書飛快看過一遍。

感覺這本書又改變了它原本的含意。印象中它像是推理小說，但並非如此，這是描寫平日生活點滴，平靜且沒有太大起伏的故事。原本印象中，像是一位年輕作家以馬虎的文字寫成的故事，但眼前卻是每個用字都經過謹慎挑選，文章刪去一切累贅，帶有一種精簡之美，就算沒看故事，光用眼睛跟著文字走，也會給人一種安詳舒暢的心境。

就這樣，我在昏暗的酒吧角落裡發現一件事。

改變的不是書本，而是我自己。當初那個將買蛋糕的花費省下的女孩，離開家，嘗過戀愛滋味，後來體驗了一段稱不上美好的人生經歷，失去朋友，又結交新朋友，了解什麼是絕望，進而又明白何謂更深的絕望，以及無窮的希望；學會與無法照自己意思走的事物妥協的方法，但還是有無論如何都無法克服的事物。我每天都在確認這些事，每當我體內容納的東西有所增減，或是改變形體，我所面對的這本書就會改變它的含意。

當初舊書店老闆問我，妳賣掉它真的沒關係嗎？要是他沒這樣問我，我不論是在尼泊爾，還是在愛爾蘭，一定都無法在舊書店發現這本書。

的確，這本書或許不該賣。因為它一路跟著我來到這裡。

雖然不知道是為什麼，但這本書好像跟著我一起展開旅行。也許幾年後，在某個小鎮的舊書店裡，我又會遇上這本書，然後還是老樣子，掏錢將它買下。確認最後一頁所畫的印記，然後又在茶屋、酒吧，或是飯店房間、公園，翻開頁面，順著文字閱讀，就這樣遇見有所改變，或是完全沒變的自己。

從愛爾蘭返回的途中，我順道繞了倫敦一趟。在那裡，我又想將這本不該賣的書賣掉了。這個念頭令我感到雀躍，說來也真不可思議。下次它會追著我跑到什麼地方去呢？到時候我又會從這本書中看出怎樣的自己呢？

我將健力士一飲而盡，望著殘留在酒杯內，像影子般的褐色泡沫，就此合上書本。猛然回神，發現店內慢慢變得擁擠，到處都盈滿陌生人歡樂的談笑，我朗聲請站在吧檯裡的老闆再給我一杯健力士。

某人

我二十四歲那年，在泰國的一座小島上罹患上瘧疾。

我當時和男友一起旅行。從成田飛往曼谷，接著從曼谷飛往阿瑜陀耶（Ayutthaya），從阿瑜陀耶飛往清萊，從清萊飛往華欣，從華欣搭夜間列車前往素叻他尼，從素叻他尼搭小船前往蘇梅島，再從蘇梅島抵達其中的一座小島。從成田出發後已過了將近一個月之久。在這座小島上，我突然發燒。

在旱季酷熱的白天，我全身只裹著一條毛毯，渾身直打哆嗦。我對男友說，我好像發燒了，他到小木屋的屋主那裡借體溫計。這間小木屋沒有體溫計，屋主到隔壁的小木屋找體溫計，但那邊同樣沒有，最後屋主放棄找體溫計，直接開吉普車載我去碼頭的醫生那裡。那座島上沒有醫院。從碼頭登上山坡，有一間無人住的小屋，那裡充當診所。醫生每週會有幾次從大島來到這間小屋看診。

那天運氣好，剛好醫生也在。醫生替我抽血，說他會帶回大島去檢驗。蓋著毛毯，不斷發抖的我，再次由小木屋的屋主帶回住處。

我身上裹著毛毯，不斷顫抖，同時腦中想著我那數毫升的血就這樣搭著船渡海而去的畫面。

要得知檢驗結果，需要三天的時間。三天後，先前遇過的那位醫生笑咪咪地來到我的住處。他彷彿很開心似地向我宣布道：「Hello, you, 瘧疾！」小木屋的屋主和他妻子、孩子們、附近餐廳的老闆娘，全都聚在我住的房間陽台處，聽到醫生說的這番話後，開始你一言我一語地複誦起「瘧疾」一詞。瘧疾在這座島上似乎也是很罕見的疾病。我奶奶三十年前得過喔、我爺爺二十年前得過喔。屋主的兒子會說英語，幫我將他們的談話翻譯成英語。

醫生遞給我六顆大藥錠，我搭配微溫的可口可樂一同嚥下。見我把藥全都嚥下後，醫生說了一句「OK, no problem」，就這樣離去。而前來參觀瘧疾患者的眾人，也回到各自所屬的場所。我男友也就放下心來，到海邊游泳去了。只剩我一個人後，我張口狂嘔，才剛吐完，便開始嚴重腹瀉。

從那天開始，我一直都臥病床上。連喝水都會嘔吐，整個人搖搖晃晃，連站都站不好。一整天都躺在床上。

從我房間的窗戶可以望見大海。海面風平浪靜，映照著陽光，像鏡子般閃閃生輝。在地面搖曳的蒸騰熱氣中，可以看見光著上半身看書的歐美人，以及玩著海灘球的島上孩子。

男友為整天躺在床上的我帶來了幾本文庫版的書。

我們住宿的這間小木屋的餐廳，擺了好幾本旅客們遺留的書。大多是英語的旅遊指南，或是平裝本的推理小說，但也有幾本日文書。

有角川文庫和講談社文庫。沒有書衣，褐色的封面都已泛黃。給人一種強烈的熟悉感。就像他鄉遇故知。

小木屋裡的日文書，作者分別是片岡義男❶、星新一，以及村上龍。這些我在日本從沒拿起來看過的書，現在卻是整天從早看到晚。看膩了，就從書本上抬起眼，望向窗外波光粼粼的大海。

我打開書本，並不是在閱讀故事，而是在看文字。以我認識的語言描寫，在我知道的場所上發生的事情，一字一字加以拼湊而成的日語五十音。看這些文字時而緊黏，時而分離的模樣。看它們想形成含意的模樣。

我看的不是故事，而是文字，漸漸地，從我能解讀，也認得的文字中間，冒出陌生的某人。他並非故事中的登場人物，而是無數位經歷過這本書的某人。

最早浮現我腦中的某人，是在東京一家寬敞的大型書店，或是在長野的商店街上一家不起眼的書店，也可能是岐阜一家闃靜無聲的舊書店，查看書架上的書。他在找尋接下來長達數週的旅程中要與他作伴的朋友。他在片岡義男的專區停下腳步，一本一本拿出來翻閱後，心想「嗯，就是它了」，就這樣走向收銀台。他在準備千圓鈔的同時，眼睛看的並非收銀台，而是在腦中描繪不曾見過的南島光景。想像著自己在島上悠哉地躺臥，邊喝啤酒邊看書的模樣。

為什麼是選片岡義男呢？我心中產生這個疑問，就此從書中抬起目光，望向波光閃動的大海，望向搖曳的羅望子樹，接著心不在焉地望向緊貼著天花板，緩緩轉動的風扇。

不是片岡義男如何，而是他為什麼挑選了片岡義男。是覺得簡單易讀嗎？就算被其他日本旅客看到自己打開這本書閱讀，也不會覺得難為情嗎？還是說，他想起分手的昔日女友愛看片岡義男的書？

❶片岡義男，一九三九年出生於東京。在早稻田大學就讀期間便開始撰寫專欄與從事翻譯工作。一九七四年以《白色浪濤的荒野》踏入文壇，正式出道為作家。隔年，憑藉《請給我慢板布吉》榮獲〈野性時代新人獎〉。此後，除了從事小說、評論、隨筆與翻譯等寫作活動，也以攝影家的身分活躍於藝文界。

這個某人突然在我腦中有了清晰的輪廓。

年約二十七、八歲。高中時代想必曾是片岡義男的書迷吧。此人憧憬片岡義男描寫的世界，對他筆下的主角產生共鳴，對主角的台詞感到陶醉。但高中畢業後，離開老家，開始在外工作後，就這樣離片岡義男愈來愈遠。現實世界中的他，不具有片岡義男的風格，而且他也不是片岡義男筆下的主角。超商便當的空盒、洗好收進來的衣服，在屋裡堆積如山，不管再怎麼整理，明天又會帶便當空盒和洗好的衣服回來。

他早就沒看書了。並非沒時間閱讀，而是他心裡想，就算讀了又怎樣？又不會因為讀書，堆積如山的衣服就自動整理乾淨，也不會在眼前擺出營養均衡的餐點。工作不會因此減少，慢性睡眠不足也不會因此消除。

如今他會閱讀的，就只有習慣性看的報紙、電車上的懸吊廣告，以及某人看完丟在一旁的週刊雜誌。並未因為這樣而對他帶來任何不良影響。日子每天都匆忙地前來迎接他，然後還來不及揮手，便又背對他消失遠去。

二十五歲那年，他談了一場戀愛。女友不時會來到他住的小公寓，將他堆滿菸蒂的菸灰缸清理乾淨，偶爾還會幫他拿堆積的垃圾去倒。在狹小的廚房烹煮講究的菜餚，他和女友一邊看電視，一邊吃著她做的菜。他心想，或許和她結婚也不錯。拖著疲憊的身軀回家後，有菜餚的香氣和她的笑臉相迎，這種生活也挺好的。

但最後他被甩了。他為了守護自己最後的自尊心，冷冷地向女友問道：「我到底是哪裡不好，告訴我吧。」女友對他說：「感覺你這個人很無趣，再見了。」

接著他又重回一個人的生活。生活笑咪咪地輕拍他肩膀，他以超商便當的空盒塞滿廚房，廁所地板滿是陰毛，衣服堆積如山。在這樣的生活下，他腦中的某個角落浮現一幕光景。那就像遙遠的記憶般模糊，但很確定它就在那裡。

顏色宛如以顏料溶成般的大海、隨風搖曳的椰子樹、掛在陽台上的吊床。是南方，就到南方去吧。他心裡想。就跟拋下一切去流浪的歌曲〈Sentimental Journey〉一樣。把工作辭了，也不定出時間，就到世界各地流浪。

但其實他是在暑假之外再加上特休，安排了十天的假期，前去旅行社買票。列出旅行所需物品的清單，開始採買，突然順道去了書店一趟。

書店裡當然滿滿都是書。有幾本書的書背展現凜然之姿，就像在拒絕他靠近般。當中平放的幾本書，清楚地告訴他：「你看不懂的，就算拿起來看也只是白費力氣。」但其他幾本則態度友好地向他伸手，對他說：「帶我一起去旅行」、「也許我們很合得來，會令你大吃一驚哦。」但它們朝他伸手，他卻反而縮手。他對書本的態度很保守。他一點都不希望自己握住對方伸出的手，最後卻遭到背叛。

接著他在文庫本的專區發現一個熟悉的書背。一整排的紅色書背。站在這些書背前緊盯著書名看，那個高中時代的他。生活不會親暱地和他勾肩搭背，也還不曾體驗過女友以莫名其妙的理由離開他，會對某些事物無比憧憬，因為憧憬如此之強，因而相信他能接近憧憬之物的那個昔日自己。

就是它了。他拿起當中的幾本書，走向收銀台。望著收銀機上彈出的數字，但他其實看的是不同的地方。他眼前是清澈的大海、萬里無雲的高空。吊床和防曬乳的氣味。

片岡義男的文庫本肯定就是這樣來到泰國的這座小島上。

他回國時，突然想起塞在束口袋裡的片岡義男，就這樣將它取出。

他興起把書留在島上的念頭。他來到和櫃檯一樣都是半露天的餐廳，悄悄將片岡義男放入那裡的書架內。

從明天起，生活又要開始運轉。但這本書將會一直留在這裡。這想法令他感到愉快。在工作間的空檔，電話鈴聲傳向四方的寬廣樓層，以及洗好的衣服堆積如山的房間裡，他的思緒已飛往泰國的小島上，那本放在海邊小木屋裡的文庫本。在這短暫的瞬間，他覺得自己彷彿現在人還在那裡。

我從片岡義男的文庫本中看到的，是這麼一位陌生男子的時間。

作為他的分身留在這裡的這本書，之後在小木屋裡住宿的日本人仍會繼續閱讀。出國後，已有兩年沒回日本的青年、因沉迷於島上的劣質毒品，身心殘破的年輕人、獨自旅行的傷心女子，不經意地拿起書架上的片岡義男，一面心裡想著，為什麼會是片岡義男，一面翻閱，就此沉浸在故事中。

他留下的分身，就這樣無限地擴展開來。

我合上書，望向從窗口看得見的大海。

我心想，那位此刻在某家公司，穿著西裝，不時想起他留在泰國島上那本文庫本的男子，一定想像不到，此時在看這本書的，是一名罹患瘧疾，每天上吐下瀉的女人。

大海不斷閃爍變色。變成銀、綠、藍、白、紫、黃。

一隻狗從敞開的房門外走進，打探著我的情況，朝我從床上垂放的手掌舔了一下，又走向日照處。

現在身體狀況怎樣——隔幾間房子遠的一家餐廳的阿姨，帶來熱帶水果，對我說了些話，像是在詢問我的狀況。

我那每天在海邊玩樂的男友，一天會看我三次，擔心我的飲用水和食物是否還夠用，接著又到海邊玩樂去了。

我不管吃什麼、喝什麼，一律拉肚子排光，日漸消瘦，瘦得脊椎骨浮突，膝蓋骨頭突尖，只有眼珠骨碌碌轉個不停。我連用手拿文庫本都覺得慵懶無力，但我還是一再地打開片岡義男的書閱讀。

然後想著那名生活過得千篇一律的男子。

並試著幻想著我病癒後回到東京，和他在澀谷全向交叉路口擦身而過的模樣。我們當然彼此都不會察覺。就只是這樣擦身而過。

過了兩個禮拜後，瘦成皮包骨的我，勉強能起身行走了，於是我們再度展開旅程。在旅行的過程中，我體重漸增，在回國前一天，幾乎已恢復成原本的圓臉。

久違的東京，一樣有許多行色匆匆的人群，在冷漠的市街，原本一罐百圓的罐裝果汁，已調漲為一百一十圓。在返家的路上，與許多陌生人擦身而過，我就這樣忘了將片岡義男帶到島上去的那名男子。

過了十多年，我才想起那件事。當時和我一起旅行的男友，和我已不再是情侶，而一百一十圓的果汁，已漲為一百二十圓。

我不時會在工作的空檔，或是喝完酒返家的路上，想起我從小木屋看出去的景色。變換顏色的大海，從房門探頭的那隻狗。因一本文庫本而與我產生連結的陌生男子，不時會從窗口露臉朝我揮手，然後下個瞬間便消失無蹤。男子消失後，只有泛著綠光的午後大海，在窗外無限延伸。

信

伊豆河津町的那家旅館，其實原本應該要兩個人一起去的。今年夏天又陰又雨，而且我工作也忙，所以每年都會去的伊豆海邊，這次便去不成了。來到九月後，好不容易天氣轉熱，稱得上殘暑，而我的工作也告一段落，所以我和男友為了奪回我們的暑假，決定在伊豆住上幾天。

但我現在卻一個人在伊豆。

因為在出發前，我和男友吵了一架。吵完架後，男友撂下一句「我沒辦法和妳一起去旅行」，就這樣回去他自己家了。

旅館已事先訂好了。下田住一晚，河津住一晚，熱川住一晚。我打算全部自己一個人住。

實在很無聊。我帶來的文庫本，昨天在下田全都看完了。

海邊小屋已全都拆除，我望著沒人游泳的九月海灘，在一旁喝啤酒、看書。覺得睏就回房間睡覺。浪潮聲也傳進屋內。我一直都是靜靜地一個人獨處。

河津的旅館位於離海邊約五公里遠的地方。附近有角落裡擺著醬菜桶的超商、商品全都蒙上一層灰的文具店、小學，還有水田。走幾步路有一座神社，還有水泥工廠。再過去有一座健康活動中心。我全都逛過了。在超商嗅聞醬菜的味道、在小學裡看孩童們玩耍、到宛如靜靜掩埋在森林中的神社參拜、在水泥工廠看裡頭的男人們工作、在健康活動中心泡澡。

儘管如此，我還是有很多空出的時間。

我回到旅館房間，一邊聽河流的潺潺水聲，一邊看不想看的電視，接著我不經意地打開電視架的抽屜。

裡頭放了一本附書衣的書。我心想，這八成是聖經，試著打開來看，結果大吃一驚。

這不是聖經，而是詩集。而且我也曾經有過這本書。

是理查・布羅提根（Richard Brautigan）的詩集。是有人忘在這裡嗎？打掃人員沒發現這本書，一直留在這裡嗎？窗邊擺了兩張相對望的椅子，我坐向其中一張，翻閱那本書以打發無聊。我明明曾經有過這本書，但上面寫的詩，我卻已忘得一乾二淨。內容是這樣開頭的——

我討厭旅行。
日本離這裡無比遙遠。
但我明白自己總有一天得去日本一趟。日本就像一塊磁鐵，會將我的靈魂吸往我沒去過的場所。
某天，我搭機飛越太平洋。這些詩寫的是我下了飛機，踩向日本的土地後所經歷的事。這些詩都附上日期，構成日記的形態。

沒錯，是這位美國詩人實際來到日本時，寫下旅行紀錄的詩集。在短暫停留的這段時間，詩人目睹日本這個異國，漫步東京，感受孤獨，談戀愛，漫步東京，坐計程車，然後再次感受孤獨。我是在十幾年前買了這本詩集，當時二十多歲。我將自己的身影與這位孤獨的詩人重疊。將自己的戀情與詩人剎那的戀情重疊。

但現在年過三十五再次重讀，卻覺得詩中的他幼稚、害怕寂寞，像是封閉在自己架起的柵欄中，然後喃喃自語著「啊～真孤獨」。

舉例來說——

說話

我是這家酒吧裡唯一的美國人
其他人全是日本人

（這是理所當然／這裡是東京）

我說英語
他們說日語
（這是當然）

他們努力想說英語　但有困難
我完全不會說日語　無能為力
我們試著交談了一會兒　竭盡所能

之後約有十分鐘的時間　他們完全切換成日語

他們笑了　無比認真

他們在語句之間保留停頓

我又成了孤零零一人　我之前也在這種地方待過

不論是日本　還是美國　所有地方都一樣

無法理解人們在談些什麼時

向來都是如此

這時，我突然發現書中夾著某個東西。試著往下翻了幾頁後，發現裡頭夾了一個薄薄的信封。

我產生興趣，取出那個信封，把書擱向一旁。打開沒黏漿糊的封口，發現裡頭放了信紙。我將它取出。

我沒半點罪惡感，就只是感到好奇和興趣。某人寫給某人的信。上頭是否會寫些什麼呢？

薄薄的藍色信紙上，以藏青色的墨水寫滿字。沒有收件者的名字。沒有時節的問候。也沒寫「前略」。這封信的內容突然就此展開。

本想寫些帥氣的話語，但似乎還是辦不到。

書信以此開頭。從文字來看，似乎是女性所寫。我接著往下看。

謝謝。這是我腦中最先浮現的話語。

只能想到這種感覺既虛假又廉價的話語，真的很遺憾。

但我只能這麼說。

這兩年來，能和你在一起，真的很快樂。我甚至覺得，如果將幸福這句話逐一轉化為現實的樣貌，它所呈現的，一定就是我和你一起度過的那些日子。

我從信中抬起臉。我知道自己臉上掛著冷笑。

這是女人寫給男人的分手信。發現這種東西，任誰都會露出冷笑吧。

不過話說回來，將幸福這句話轉化為現實的樣貌……。她就是講話這樣拐彎抹角，才會被甩吧。我試著做這種不負責任的想像。

這兩年，發生了許多令人痛苦的事。我母親過世，弟弟發生事故。我有一段時間得固定到身心科求診，也丟了工作。但在那樣的情況下，還能笑著度過那段日子，真的都多虧有你。

母親過世，弟弟發生事故？而且自己也得上身心科？這女人的背景可真沉重。

和你在一起，雖然也發生不少悲傷的事，但還是比不上這句謝謝。謝謝你讓我愛你。

我從那密密麻麻的小字上抬起臉，視線移向窗外。外頭綠意盎然。微帶橘色。應該是太陽快下山了吧。聽得到河流的水聲。

今後我們將走上不同的道路，但我希望哪天能像在十字路口不期而遇般，再和你重逢。要是有機會重逢，到時候希望我們能以成人的口吻互相談到彼此不在的這段歲月。

第一張信紙到此結束。我翻開第二張信紙。第二張的文字，只寫到信紙的一半。

隔壁有兩隻狗。我們從圍牆伸手，競相撫摸牠們的頭。從窗戶可以望見新宿的夜景。邊吵架邊大掃除。在魚鋪買了便宜的花魚。用微波爐熱蛋，結果爆炸了。總是樓梯走到一半，喘得上氣不接下氣。

在我們今後仍會持續的生活中，你和我一定都會常想起這些事吧。那會是美好的回憶嗎？如果不是，又會是什麼呢？希望會是前者。再見了。ByeBye。

So long。

信到此結束。

有人敲著隔門，我嚇了一大跳。我應了一聲：「什麼事？」連聲音都破音。

隔門緩緩開啟，服務生朝房內探頭說，晚餐準備好了，可以幫您端過來了嗎？啊，好——我結結巴巴地說道，一再點頭。

服務生陸續端來料理，我偷偷將信紙放進信封裡，塞進書本中。信中的女子該不會寫完信之後就死了吧？我想著這件事。如果她死了，會死在哪裡？該不會是這裡吧？

不，不可能有這種事。現實世界可沒這麼戲劇化。對於品項眾多的料理，服務生一道一道介紹。我心不在焉地聽著。

前菜是鴨肉醬、鮭魚肉凍。這個是生魚片，今天的魚是黑鮪魚、比目魚、紅魽。

隔壁有兩隻狗。我在魚鋪買了便宜的花魚。女子信中的文字，與服務生的說話聲重疊。

那麼，我替您的火鍋點火哦。大約五分鐘湯便會沸騰，到時候就能享用。

總是樓梯走到一半，喘得上氣不接下氣。用微波爐熱蛋，結果爆炸了。

「請問——」

服務生正準備走出房外時，我叫住了她。她轉頭問我有什麼吩咐。

「請問，這房間沒問題吧？」

雖然我心裡想，要是我說這話，她一定會覺很我很奇怪，但我還是開口問了。果不其然，服務生露出詫異的表情，回問我一聲「什麼」。

「沒人在這個房間自殺吧？」

但我還是忍不住想問。服務生緊盯著我瞧，所以我急忙補上一句：

「呃，剛才看了那種話題的電視節目，所以……」

服務生聽了，莞爾一笑。

「怎麼可能會有那種事嘛。要是有哪裡您覺得不滿意，我幫您換個房間如何？」

不，不用了——我不置可否地回以一笑，靜靜望著服務生把隔門關上。

在靜謐的房間裡，我獨自一人開始吃起品項眾多的晚餐。有紅鮒、牡丹鍋（山豬肉火鍋）、山菜天婦羅、鹽燒土雞。

那名女子怎麼可能就這樣死了。我邊想邊嚼著肉凍。不可能只因為跟男人分手就尋短。

而且那都只是一些微不足道的回憶吧。輕撫狗的頭？因為用微波爐加熱，而讓蛋爆炸？買到便宜的花魚？明明和一個只有這種程度回憶的男人分手，怎麼可能就這樣尋短。

黑鮪魚和紅鮒都很好吃。牡丹鍋我第一次吃，但味道比想像中要清淡許多。我小口小口地喝著事先熱好的溫酒，低頭吃個不停。山菜天婦羅也很不錯。口中留有清脆的口感，還微帶甘甜。對了，因為這家旅館的餐點很可口，所以我才訂房。我刻意上網搜尋餐點可口的旅館。在網路上看到這家旅館的菜單，和男友討論，覺得很不錯。

在網路上挑選旅館訂房。吵架後獨自一人住旅館。

不知不覺間，信中女子的口吻上身了。

「太可笑了。」我出聲說道，將溫酒一飲而盡，又倒了一杯。

每年夏天我都會到海邊玩仙女棒。因為沒零錢，我們合喝一罐罐裝咖啡。糟糕。女子的文體上身了。

寒冷的冬天，我們在拉麵店前面排隊。追著賣石頭烤地瓜的小販叫賣聲，在鎮上四處跑。

猛然回神，發現自己正用女子的文體，反覆描述原本應該跟我一起來的男友與我共度的那段歲月，然後就像過去我們兩人的身影鮮明地浮現一樣，那名陌生的女子和她男友共度的生活片段，也隱隱浮現，混雜在我實際的記憶中。從圍牆伸手撫摸狗的頭，抬頭仰望明月，牽著彼此凍僵的手，因雞蛋爆炸的事而笑彎腰的她和她男友。

她和我，她男友和我男友，這些微不足道的回憶交纏在一起，分不清誰是誰，無法判斷。感覺好像是我和我男友讓雞蛋爆炸，而分著喝同罐罐裝咖啡的，好像是信中的女子和她男友。

再見。ByeBye。So long。

我以沾滿天婦羅油膩的嘴巴，反覆說著女子信中最後一句話。

女子一定就在這裡寫下這封信。也許她原本也是要和男友一起來這裡。但分手的時刻比她訂房的日子提早到來。

大概跟我一樣，自己一個人在房間裡，耳聽河流的潺潺水聲，眼望窗外蓊鬱的綠意漸漸被黑暗淹沒，同時靜靜地嚼著天婦羅和土雞，心不在焉地想著那恐怕再也不會見面的男人，就這樣猛然怒火湧上心頭吧。

女子滿腹怒火，在信紙上寫了起來。但浮現腦中的憤怒言語，不知不覺間，在信紙上全成了感謝的言詞。過去那麼珍惜的回憶，一旦寫成文字後，沒想到竟然這麼平凡，又小家子氣，令她大為傻眼。

寫完後，理應是很特別的這封信，卻像一個很普通的女人寫給很普通的男友般，上頭寫的全是再老套不過的文句。回頭看完自己寫的信，原本的怒意全消，只留下忍不住想笑的滑稽。女子將這封信夾進書中，決定在明天天亮前不會再看，就這樣收進抽屜裡。

不知不覺間，我腦中那個寫下這封信的女人成了我自己。只是我自己忘了而已，其實這名女子根本就是我。要是現在回家的話，理應在書架上的那本布羅提根應該已經不見了。我在這裡閱讀布羅提根，將自己與徘徊在東京的詩人重疊，將自己的戀情與他寂寞的戀情重疊，為離自己而去的男友寫下這一長串滑稽的文字，就在十幾年前的某天——

我摩娑著飽飽的肚子，前往泡澡。露天溫泉和大澡堂都空無一人。顏色比東京更為深重的夜空，清晰地鑲嵌著星辰。

從澡池裡起身後，在安靜的櫃檯處，我打電話給男友。為了弄明白我們兩人的那場爭吵是否沒那麼嚴重，我刻意談些無關緊要的話題。嗯，土雞很甘甜，紅鮒好吃，飯是加了舞菇炊煮而成，我一直說個不停，口吻聽起來就像沒吵過架似的。哦，真好，我也好想吃——男友說。不就是你自己說不來的嗎，這句話都來到我喉頭了，但我還是極力將它嚥回肚裡，擠出笑臉對他說，你明天趕來熱川不就好了嗎。

還來得及嗎——男友在電話另一頭說道。他這句話指的是什麼——我心裡想，他一定沒什麼特別的含意，應該是指當天才買電車的車票來得及嗎？或是指來得及趕上旅館的供餐時間嗎？我刻意以堅定的口吻回了他一句「一定來得及」。

那就明天見了。男友的聲音透過電話線傳進我耳中。

嗯，明天見。我說。

我鑽進單人床的被窩裡，仰望天花板，在口中反覆誦唸著一首詩。是我二十多歲時，反覆閱讀而牢記腦中的布羅提根的詩。雖然純屬偶然，但女子的信正好就夾在這首詩的頁面。

明治神宮的喜劇演員
——獻給椎名高子

明治神宮是日本最有名的神社。裡頭供奉明治天皇及其配偶昭憲皇后。在多達一七五英畝的佔地裡，有庭園、博物館、體育館。

明治神宮沒開放
我們在黎明前悄悄潛入
爬上石牆，跳進神宮內

喝得爛醉，活像喜劇演員
我們的模樣無比滑稽
沒被警察發現帶走，
算我們運氣好
裡頭美不勝收，在陽光照進這裡之前
我們搖搖晃晃地走在樹叢間
我們真的很滑稽
接著我們躺向宛如一座小牧場般的柔軟綠茵上
敞開手腳
綠草撫觸我的身體，說不出的舒服
我伸手搭向她的乳房　獻上一吻
她也回我一吻　我們的愛意行為到此為止
沒有進一步發展

明治天皇
與他的配偶昭憲皇后
就在離我們不遠的某處
在灑落明治神宮的晨光中，這樣就已足夠

寫下這封信的妳，現在人在哪裡，過得怎樣？母親過世，弟弟遭遇事故，妳大受打擊，甚至得上身心科求診，還和男友分手，現在妳過著怎樣的生活呢？

那些微不足道的回憶，一定又和某個自己重視的人物重疊對吧。做歐姆蛋失敗、餵養家附近的野貓、在釣魚池比賽誰釣到的鯉魚多、在魚鋪買到便宜的鯖魚……期望這是妳現在過的生活。

後會有期。再見，ByeBye，So long。我向那位和我很相似的陌生女子如此低語，閉上眼睛。

詩句引用自《東京日記——理查・布羅提根詩集》
理查・布羅提根／著　思潮社

他和我的書架

這下麻煩了，站在書架前，我發現這件事。清查電器、CD、食品的庫存，一點都不費事。就連房租匯款用的存摺餘額，以及退回的保證金，也是三兩下就處理好了。我就這樣產生錯覺。以為和花兼分手後，這些工作的分配一樣不會有什麼改變，可以輕鬆處理。

不過，也只能硬著頭皮上了。我手伸向中間那一層，單手抓了一把書取出，擺在地板上。等地上的書堆了相當的高度後，我坐向地板，一本一本拿起來看。這本是花兼的。這本是我的。這本也是我的。我的書放進紙箱裡，花兼的書放回層架上。我拿起這疊書最上面那本，順便拿起它底下那本，把兩本書擺在膝蓋上，仔細打量。一模一樣的兩本書。髒汙的程度也一樣。我拿起這兩本曼切特（Jean-Patrick Manchette）的《*Fatale*》，就像要照向陽光般，來回比對。

真夠蠢的，我心裡暗忖。既然是同一本書，同樣的汙損程度，挑哪一本不都一樣嗎？或者是乾脆全扔了也無所謂。這又不是我特別有感情的書，而且也不太可能回頭再看一遍。雖然心裡這麼想，但我還是無法隨便挑一本。我希望能把自己帶來的東西帶走，花兼帶來的東西，則是由他帶走。

可是——我跪坐在地板上，抬頭仰望一路抵向天花板的書架。這些東西如果全部都要區分清楚，不就得拖到明天才能搬家嗎？就算真是那樣也沒關係，這微微從我心頭湧現，像碳酸氣泡般的念頭，我故意裝沒發現。我將《*Fatale*》移向一旁，再度單手盡可能抓了一把書取下，疊成一座小山。房內原本就打開的老舊空調發出的聲響，感覺突然變得大聲起來。那聲音就像逐漸飛遠的飛機。

我是在五年前邂逅花兼。一起從事某個短期打工。當時那份工作是按照地址來分類賀年禮，所以應該是冬天吧。

在眾多的打工者當中，只有四個人抽菸。分別是一直說他們全家要在黃金週時去夏威夷旅行的婦人、說什麼都不想和人交談、年齡不詳的男人、花兼，還有我。

抽菸的地點在後門外。一路通往停車場的柏油路上，就只放了一個菸灰缸。每到休息時間，我們四人就會聚在一起。沒錯，當時確實是冬天。因為我們聚在沒有圍欄的這處抽菸場所，總是都刻意穿上大衣。

通常都是那位婦人一直說個不停，我和花兼只負責聽。那名年齡不詳的男子則是站在不遠處，總是臉轉向一旁。在十分鐘的休息時間裡，我們都只抽兩根菸。因為那位婦人總是滔滔不絕，我和花兼就這樣產生一種類似親近感的情愫。那短期打工的最後一天領到的薪水，我們兩人直接拿來喝酒。

第一家店，是離打工處不遠的烤雞肉串店，花兼從薪資袋裡掏錢付帳。第二家店是新宿的酒吧，由我從薪資袋裡掏錢付帳。第三家店是大久保的韓國料理店，由花兼付帳，第四家店——是離韓國料理店約三分鐘路程的賓館，我們從各自的薪資袋裡取出一樣多的錢一同支付。

明明那麼辛苦揮汗工作，但光是一天就少了這麼多。花兼從薪資袋裡取出所剩不多的錢，莞爾一笑，我也笑著回應「就是說啊」。隔天早上，我們前往附近的一家咖啡店，用所剩不多的餘額吃了一頓早餐。

工作兩週的工資，真的才一個晚上便大失血，這樣實在教人搞不懂工作是為了什麼，在回家的路上我一直在思考這個問題，甚至還心想，搞不好就是為了邂逅這名男子。也許我當初去應徵那個打工工作，不是為了賺錢，而是為了遇見他。以我當時的年紀，會產生這麼浪漫的想法是很正常的。當時我二十二歲，花兼二十一歲，都還是大學生。

兩個月後，我請花兼到我住的公寓，他一走進屋內，便先走向書架，發出哇的一聲驚呼。怎麼啦？我朝他窺望，他低語道：「這好像我家的書架哦。」

事實上，花兼住處的書架真的就像我的書架一樣。裡頭放的書我幾乎都看過。我對書的愛好沒有規則可循，有推理小說、近代文學、詩集，有哲學書、宗教書、非主流文化的書，也有現代小說、美國文學、紀行書，不照固定的順序排列。花兼的書架和我完全一樣。如果只有美國文學，愛好只有一種類型，彼此相似不難理解，但連散亂、隨性的程度都這麼相似，真的很令人驚訝。我也和花兼一樣，發出一聲驚呼。

當然了，不可能所有書全都一樣。當中也有許多是我連書名都沒聽過的書。我從這當中抽出幾本書，請他借我。心想，既然我們的書架這麼相似，他的書一定很有意思。

我們互借彼此不知道的書，不知饜足地閱讀（事實上，我向花兼借的書真的都很有意思），下次約會時，不斷聊到彼此的閱讀感想。在居酒屋、餐廳、公園、賓館。

交往一年後，我們開始同居。我覺得同居是很自然的事。花兼的內衣褲、襯衫、CD，以及我借的書，就像自然繁殖般，在我的住處與日俱增，而花兼的住處也一樣，化妝水、牙刷、馬克杯不斷增加。我心想，所謂的同居，就是這些瑣細的小事全都會綁在一起。

我們沒錢，就算搬家，也幾乎不買新的家具。餐桌是我原本使用的，床則是從花兼的房間搬來。說到唯一新買的東西，就是書架。我和花兼花三個月的時間四處找尋，買下可以容納增加一倍書本的大書架。

同樣的書就賣掉吧。花兼把書放進全新的書架上，如此說道。布考斯基（Henry Charles Bukowski）、高村薰、山田風太郎，各有兩本同樣的書，要不要拿一本去舊書店賣？這樣的話還可以再多收納點書哦。反正書會無止境地一直增加下去。他說。

他的意見我也同意，我們從同樣的書當中抽出一本（受損比較嚴重的），拿到附近的舊書店賣。我猜大約有三十多本。但最後還是沒賣成。因為老闆開的價錢廉價得驚人。當然了，賣書的金額夠我們到店裡喝一攤。但想到當初我們一本一本買回家的情景，便覺得這價錢怎麼看都不划算。所以我們又原封不動帶回家。

那天，我們將沒賣的書放回全新的書架上，天南地北地閒聊。談到對布考斯基的感想、第一次買山田風太郎的書、讀完後覺得難受的書、對結局感到不滿的書。窗外緩緩轉為黑夜。

「等這書架裝滿後，再買新的書架就行了。」我說。「說的也是，兩年後再搬也行。」花兼說。

要是書架裝滿書，擺上新的書架，房子空間愈來愈小，就再搬家，我和花兼都相信我們會永遠在一起。

我拿起一本書細看，開始猶豫是否該放進我的紙箱裡。這是花兼的書。我向他借了這本書，看過後相當喜歡，說我也想買一本，他聽了之後笑了。「沒必要湊成兩本吧，這裡的書，不也是妳的書嗎。」花兼說。既然你說這也是我的書，那就算我帶走也無所謂吧——我浮現這卑鄙的念頭。

不過，最後我還是將那本書放回書架。將這本書帶往我要搬去的地方，就如同是將花兼的氣息一同帶走。總有一天，那氣息一定會令我不知所措。我會後悔將它帶在身上。所以我留下了它。要是日後想看這本書，重新再買就行了。

橘色陽光從西邊的窗戶照進屋內。陽光斜斜地佔去擺滿紙箱的地板。「同樣的書就賣掉吧。」想起說這句話的花兼。當時他也沒想過會分手，一想到這點，我的心情感到輕鬆些許。

儘管我們書架上的書很類似，但這場戀情還是一樣告終。雖然這是理所當然的事，但當他告訴我，他有喜歡的對象時，我大受震撼。有種被背叛的感覺。不是被花兼背叛，而是被我們共同的書背叛。

因為我有喜歡的人，所以不能再繼續和妳同住了——花兼就像自己很受傷似地說道。當時正值梅雨期。今年的梅雨期不太下雨。

那個人看書嗎？

想到這件事，忍不住笑了。因為當他告訴我自己有了喜歡的對象時，我開口的第一句話，竟然偏偏是這個問題。「咦？」花兼露出略感驚訝的表情，接著回答道：「她不看書。」他小聲地又說了一遍：「我猜她不看書。」

「是誰？」我問。「妳不認識。是我公司裡的人。」花兼回答。「你喜歡不看書的人嗎？」我又問了個問題。我腦中一片混亂，只想得到這種蠢問題。說來可悲，當時我雖然腦中一片混亂，但還是希望自己多少能勝過那名陌生的女人。

「跟這種事無關。」花兼似乎有點不知所措，但他還是冷漠地回答。他說的一點都沒錯。不管看不看書，人們都不會因為這樣而勝過別人，而且喜歡一個人的心情，也和這個無關。

「已經無法改變了嗎？」我問。在問這句話的同時，我明白這是最糟糕的提問。要是他回答已經無法改變，那一切不就都結束了嗎？接著花兼做出只能結束我們兩人關係的回答。

花兼的這場告白，似乎耗盡了所有精力，顯得一臉茫然，所以具體的處理事項，全都是由我提議。例如搬家、物品的分配、搬家前我們的身分立場。說身分立場也實在有點怪，一對同居的男女，從今天開始，要變得像單純的室友一樣疏遠，實在很困難。而且我雖然接受如此殘酷的告白，心裡卻仍愛著花兼。雖說這只是搬家前的一段過渡期，但是繼續和花兼同住，對我來說實在是一種煎熬。

我決定請他在我找到新住處前，先去住短期公寓。並請他趁我平日白天出外工作時，回來打包他的行李。各種手續，我都以電子郵件聯絡處理。如果有事非得當面說的話，不是在這個屋子裡談，而是約在外面談。

換句話說，當他告訴我他有喜歡的人，從那天晚上起，我就再也沒和花兼見面了。我上個週末已決定好新的住處，會在盂蘭盆節的連假時搬家。至於花兼會怎麼做，我不知道。他也許會搬家，也許會和那名不看書的女人繼續住在這裡。再這樣下去，我將不會再和花兼見面，就這樣搬家，過著再也不會見到花兼的生活。

我之所以能這麼灑脫，也是因為我怎麼也無法討厭花兼。既然無法討厭他，就只有別和他見面了。只能請他像死人一樣，待在就算我想見也見不到的地方。

將書本塞進兩個紙箱後，我以封箱膠帶封好。窗外天色已暗。儘管我已經這麼努力整理，書架上卻還有一半的書還沒動。就等明天再處理吧。我如此低語，站起身。拿起錢包，外出買晚餐。

想起來還真是可怕，儘管被男友甩了，內心嚴重受創，但日子還是一天一天地到來。我在擺滿紙箱的屋子裡換裝打扮，到公司上班，然後又回到滿是紙箱的屋子，動手裝箱，以膠帶封箱，自己一個人睡。

跟之前和花兼共度那段平靜歲月的時候一樣，我和同期進公司的女同事談笑，共進午餐。跟學生時代的朋友一起去喝酒、逛街購物。另一個我俯視著和朋友縱情歡笑的我。沒事的、沒事的——另一個我很放心地暗自點頭說道。不是還笑得出來嗎？不是還能和人開玩笑嗎？不是還有想買的衣服嗎？看到擦身而過的年輕男子，不是還覺得對方不錯嗎？另一個我就像在誇獎小孩般，不斷地誇獎我。

我只跟一位無話不談的摯友說出我和花兼分手的事。「就跟香菸一樣。」我抬起啤酒杯暢飲，口吻輕浮地說道，另一個我俯視著這樣的我。沒事的、沒事的，妳說得真好——另一個我很誇張地誇獎我。

戒菸這種事，前三天最難受。聽說體內的尼古丁得花七十二小時才會排出。原本滿腦子只覺得我不行了，我快掛了，但前三天一過，馬上就會輕鬆許多，忘了香菸。猛然回神，才發現自己一整天下來，完全沒想過香菸的事，以前抽菸的事好像根本不曾存在過似的。換言之，這是一種習慣。男人何嘗不也是一樣。

我故意使用這種粗俗的用語，另一個我又開始讚不絕口了。對對對，不該使用花兼這種專有名詞，請統稱為男人，因為他真的只是眾男人當中的一個。

我不時會說那名女子的壞話，而且還說個不停。不過就只是在心裡說。

雖然我不認識她，但她一定是個草包。因為她是個不看書的人。想必是個連電影也不看、音樂也不聽、不懂什麼東西好吃、沒什麼嗜好，活像個大嬸的人物。一定只有胸部大，搖晃著她那對豪乳接近花兼，就只能靠這項魅力的可憐女人。像這樣把她講得很不堪，我聽朋友開玩笑才能笑得更大聲。

三天後就要搬家了，真的就跟香菸一樣，我已不太會想起花兼的聲音和面容。暗自在心裡說那名陌生女子壞話的情況也驟減許多。另一個我看我調適得不錯，也就很少出現了。

我發現自己對搬家之日的到來感到雀躍。看自己這麼快就重新振作起來，連我都很欽佩自己。新的住處當然比現在還小，不過採光良好，還有個寬敞的陽台。從陽台可以望見河川。

一位在搬家公司打工的男生，趁資深員工沒看到的時候跟我搭訕，這也讓我感到得意。他偷偷塞給我一張寫有他手機號碼的紙條，對我說：「我家就住附近，要是有什麼困擾，隨時都可以和我聯絡。」

等搬家人員都離開後，我到附近的超市採買。空間比之前逛過的超市都還要大，品項也多。各種香草一應俱全，瓶身標籤設計講究的瓶裝產品也相當多樣。

肯定一切都會很順利的。我逛著這間寬敞的超市，心裡這麼想。

我買了乾的蕎麥麵條、蕎麥麵醬汁、啤酒，哼著歌走在這個新的小鎮上。因為正值盂蘭盆節連假，路上人車都不多。連照得令人皮膚發疼的陽光也感覺很舒服。一切都會煥然一新。來到河畔處，我取出剛才那名打工人員給我的紙條細看。潦草字跡寫下的數字，感覺給了我自信。那扭曲的字體，看起來就像大力水手吃的菠菜。

我放在牛仔褲口袋裡的手機發出簡短的聲響，提醒我有新的郵件。我將超市購物袋放向腳邊，查看手機。是花兼傳來的。搬家一切順利嗎？有沒有什麼問題？

儘管看到花兼寫的文字，身體不會有哪裡覺得痛。心臟和腦袋也都一切正常。一直到不久前，每次只要花兼寄郵件來，我看了之後，身體一定都會有某個部位感到疼痛。例如兩鬢隱隱刺痛，心臟宛如針刺般發疼。說什麼「有沒有什麼問題」、「需要幫忙的話，跟我說一聲」，這些貼心的話語聽起來都覺得是在挖苦。我甚至猜想，這該不會是在暗示我，快點滾出那個家吧。

現在我已能冷靜思考，明白花兼的話沒別的意思。他是個中規中矩又善良的男人。要是我回信告訴他「坦白說，電線線路一直弄不好，遇上麻煩了」，花兼應該會說他馬上過來看看。他就是這樣的人，所以我才喜歡他。

什麼問題都沒有。新家很舒適。謝謝關心。

我蹲在河灘旁輸入這樣的回覆，按下傳送鍵。我發現超市的袋子在滴水，直接取出啤酒，當場就喝了一瓶。啤酒還很冰。河面上就像撒了玻璃般，閃閃生輝。

我自己一個人吃完喬遷蕎麥麵後，打開紙箱。我把冷氣調冷，弄好窗簾，收拾好調理用具，接上電視、遊戲機、DVD光碟機。盂蘭盆節連假為期五天。到了第六天，我一如往常，從已經整理得有住家模樣的場所出門上班。

紙箱裡的東西陸續都清空了，屋子變得寬敞許多。我打開新的紙箱，看到書本。那個書架我已轉讓給花兼——就實質的角度來判斷，書架應該放不進這裡——所以我現在沒有可以放書的書架。不得已，只好沿牆壁疊放。我想到要列出需要的物品，趁休假時去採買。窗簾一併換新吧。另外再買張床吧。這個想法令我充滿期待。

接著打開的紙箱同樣也是書。我默默地堆疊這些書。不經意地望向擺在這堆書山最上方的一本書。是費茲傑羅的短篇集。先前在舊書店買來，封面都已泛黃的單行本。當我看到那封面時，反射性地浮現一幕畫面。坐在車上的男子與少女，在初冬的灰色市鎮上。是算不上多有名的短篇小說裡的畫面。

不同於這本書的另一本短篇集，花兼的書架上也有，那則短篇故事也收錄在花兼的那本書當中。「我並不是特別喜歡，但不知為什麼，那個故事令我印象深刻。」我曾這樣說過，花兼也回應：「沒錯，我也是，就像曾經見過似地，就這樣牢牢記住那幕景象。」因為這種情形常發生，所以當時我並未感到驚訝。

「一名身穿藍色連身洋裝的女孩走出來對吧？」花兼說。「不對，不是藍色，是帶著淺灰的白衣。」我更正。「不，一定是藍色。」花兼非常堅持。「那我們來打賭吧。」我抽出那本書說道。我們以這個週末去一家牛排餐廳用餐來打賭，就這樣打開書。我們就像閒著沒事幹的孩子，臉貼著臉將那本短篇小說從頭到尾看了一遍。但小說裡完全沒提到女孩身上衣服的顏色。看完最後的文章時，我們互望了一眼。緊接著下個瞬間，我們都笑了。

我轉過臉去，不看那本書，繼續從紙箱裡取出書來。映入眼中的是連載漫畫。只有第十二集到第二十二集。第一集到第十一集在花兼的書架上，因為我看過之後停不下來，於是買了之後的續集。從第二十三集開始，是花兼買的。第十五集有一幕很感人的場面。搶先閱讀的我，把漫畫抛向一旁，跑去擤鼻涕，還放聲大哭。花兼看了還笑我，但他自己看了第十五集的那個場面後，同樣也匆匆起身，偷偷擤鼻涕，躲著不讓我看見。真好看、真好看——我們一臉認真對彼此說道。

我打開第十五集的那一頁。明明文字和圖畫都還沒映入我眼中，卻已有水滴滴落。我發現自己就像被賞了一耳光。我這才明白，喜歡上某人後分手，原來是這種感覺。就像共享書架一樣。彼此交換書，看遍書裡的每個文字，牢記同樣的畫面。記憶和書都攪混在一起，合為一體，卻又要硬生生分開。這不是失去自信，或是要重新振作的問題，而是將已成為自己身上一部分的東西強行剝下，就這樣永遠失去。

我合上漫畫，坐向地板。我比先前閱讀第十五集時哭得更大聲。這還是我第一次為了花兼而哭。

抽走書的書架，想必已無法再以同樣的書填滿吧。花兼那氣派的書架也一樣。但那應該不會讓人感到悲傷。因為我們大概會一直擁有過去共有的時光，就像想起書中令人印象深刻的畫面般，還有連書中沒提到的女孩衣服的顏色，也都能馬上想起那樣。

在零亂的屋內，我心想，就好好哭個痛快吧。像個孩子一樣，盡情地哭吧。就算要哭到半夜也行，因為我失去太多太多。

明天就去買個新書架吧。這比窗簾和床都更優先。我一邊放聲大哭，一邊做出這樣的決定。

不幸的種子

要開始談這個故事，得回溯到十年前。

十年前，我十八歲，為了讀大學而離開老家，開始在東京獨居生活。因為意外考上本以為會落榜的大學，所以我幾乎沒做任何搬家的準備。畢業典禮結束後，我就像將自己房內的東西全塞進搬家公司的卡車裡一樣，粗暴地搬了家。

位於公寓二樓，六張榻榻米大，附一個小廚房的房間，就是我的新居。書架、床鋪、書桌，全搬進這處窄小的空間裡。當初真不該帶書桌來的，我感到後悔，但現在馬上送回去，感覺又很像在做傻事。我心想，床鋪和書桌暫時就跟之前一樣使用，等日後找到適合這房間的，再買來取代吧。

搬進的都是過去所用的物品，所以我的新生活沒什麼新鮮感。當然了，人數比高中多出數十倍的大學、大學的課程、社團活動、上完課後參加酒局，都無比新鮮，令人目不暇給，也不知道自己是否習慣了，不知不覺間，時間就這樣流逝。不過，回到住處後，迎接我的仍是那熟悉的書桌、床鋪，以及書架。

看慣的家具令我覺得自己宛如還是個高中生。

從老家搬來的紙箱，裡頭的東西已全都清空，我將它們拆開壓扁，拿去扔了，好不容易開始有屋子的樣子了，這時已邁入梅雨季。

這公寓破舊，家具也老舊，但因為一切都已整理妥當，所以我開始想邀人來作客。我第一個邀請的，就是上大學後，第一個混熟的女生。我們擠在小小的廚房裡一起準備晚餐。擠在單人床上有說有笑，一起睡覺。

一直拖拖拉拉的梅雨季終於結束，這時我有了男朋友。是語學❷課和我同班的男生。

幾個禮拜後，我邀男友到我的公寓。當時正值暑假中旬。先前和女性朋友一起做的菜色，這次換我獨力完成。我將餐具擺在地板上，和男友一起吃，第一次和男生上床。雖然是晚上，但窗外卻傳來陣陣蟬鳴。

那天晚上，我因微光而醒來，發現男友已經下床，盤腿坐在榻榻米上看書。他發現我醒來，笑著說睡不著。他手裡的書，我沒看過。我心想，應該是他帶來的吧。不過這本書看起來相當老舊。封面泛黃，四個邊角都外翻。

「這是你愛看的書？」我問了之後，他微微一笑，瞄了我一眼。

「妳睡昏頭啦？這是妳的書。我從書架上拿的。」

我從他手中拿起那本書，藉著檯燈的亮光細看。我完全沒印象。像是翻譯小說，但上頭以西洋文字寫成的名字我從沒聽過，也不知道是法文名，還是英文名。

不過，這件事當時我並不在意。也許是家人的書混進裡頭，也可能是以前到這裡作客的同學忘了帶走。比起出現一本陌生的書，我這小房子裡出現這位熟悉的男生，對我來說更為重要。

我和他都還不到二十歲，但我們是很認真在談戀愛。對我們彼此來說，這

❷ 語學（ごがく）是指學習母語以外的語言。雖然有時也用來指稱語言學，但實際上兩者有所區別——語學的目的在於實用，而語言學則是以探究語言本身的結構與規律為目標。

是第一次真正的戀愛，我們深信彼此在一起，能維繫這份戀情。

我們幾乎每天都造訪其中一方的住處，一起睡覺。早上一起醒來，一起上學，坐在書桌前念書，在學校餐廳一起吃午餐，再一起去上下午的課，一起回其中一方的住處，儘管一天二十四小時幾乎都膩在一起，還是覺得不夠。

我不時會在深夜時，從老家搬來的床鋪上醒來，發現他只藉著檯燈的亮光在看書。看著那本不屬於我的書。

「有趣嗎？」我問。

「也不知道算不算有趣，就是會不自主地看下去。」他回答。

他坐在榻榻米上，看著我不知道的書，不知為何，這幕光景令我害怕。明明幾乎每天都和男友膩在一起，卻有種無比孤單的感覺。就像獨自一人坐在陽光照不到的深井底部一樣。一直都放在自己的書架裡，不知道主人是誰，而且男友「會不自主地看下去」的書，我之所以絕不打開來看，就是因為這樣的原因。

升上大二後，我被成天膩在一起的男生甩了。現在回想，還不到二十歲的年紀所經歷的失戀，根本就沒什麼，但當時感覺就像同時經歷了颱風、洪水、大地震。而且他甩掉我的理由，竟然是因為愛上了我的朋友。偏偏這個人就是我第一位邀請到我公寓作客的女性朋友——近藤南。

近藤南很快便開始和他交往。他們不像之前我和他一樣，一天二十四小時膩在一起。午餐都各吃各的，有時是一方沒課在家，一方到學校上課。

看了他們兩人的情況，我有時覺得戀愛有各種不同的形態，有時覺得，我和他之前就是因為黏得太緊才會走不下去。不管怎樣，心裡都很不是滋味。

很少在一起的他們兩人，有時在走廊站著談話，有時一同坐在中庭的長椅，看起來特別顯眼。感覺得出有種別人插不進來的親密感。看到他們令我難受。除了颱風、洪水、大地震外，又再加上雷擊、海嘯、土石崩塌。

不光這樣。因為不想看到他們，我不去學校上課，以致我的成績和出席天數快速下滑，在大二那年夏天留級了。

我偶爾會到學校去，而在我外出這段時間，竟然遭人闖空門。比起生氣，我更感到納悶不解，像這樣的破公寓，有什麼東西好偷的。當然了，我不可能暗藏什麼財產，不過，我裝在信封裡的生活費就這麼不翼而飛。雖然只有五萬日圓左右，但當時那是我全部的財產。

我感到萬念俱灰，向父母借錢，沒說要去旅行，自己偷偷買了廉價機票，飛往台灣。旅行了將近二週之久，而在旅行的後半階段，我搭乘的巴士在高速公路上翻覆，雖然有乘客毫髮無傷，但我卻右腳骨折。最後在一處語言不通的市鎮住院。

有點不對勁——我在病房裡這麼想。

我被送往的醫院所在地，是名叫花蓮的一座城市，從窗口可以看見綠意濃密的山林。蟬聲一直沒停過，下午時會有小販以奇怪的音調叫賣，從窗戶底下走過。

半夜醒來時，我忘了自己人在台灣，不自主地手伸向枕邊。在我的小公寓裡，床頭櫃上擺著電視，電視上方有遙控器和看到一半的書。早上一醒來就朝那裡伸手，這已成了我的習慣。

然而，此時我伸手觸碰到的，卻是醫院提供的塑膠杯，以及護理師為我拿來的中文報紙，我這才想起「啊，對喔，我人在醫院」。

頭轉回原位後，頭頂是白色的天花板。在走廊逸洩出的藍色亮光照耀下，一大片微微泛白的天花板。

仰望那看不習慣的天花板，我想起那個在我屋子裡躺著背看書的男人。那本書到底是誰的，在我入睡前一直在思索這種無關緊要的事。完全想不出個頭緒。

因為有保險，我住進個人房，沒任何不便，但沒人可以說話，不懂電視上說的語言，我感到既無聊，又孤獨。我跟父母聯絡，告訴他們我住院的事，但他們知道我只是骨折後，沒人過來看我。我在電話裡一直挨罵。留級的事、沒去上學，反而跑去旅行的事、瞞著沒告訴父母、借錢、車禍受傷。

我討厭挨罵，沒再和父母聯絡，接下來只能躺在床上打發時間。現在我真切感受到，自己根本就沒有那願意特地安排時間、跑到花蓮來看我的男友和朋友。

不太對勁。太奇怪了。望著窗外緊密相連，文風不動的山巒，這樣的想法變得更加強烈。我的厄年早過了。處女座的我，今年不是正值十二年一次的幸運期嗎？

理應處於幸運期的我，今年發生了什麼事？被男友甩了、失去好朋友、留級、遭闖空門、出外旅行卻受傷。這顯然不太對勁。

我決定等傷好了，要去拜訪台北的算命師。因為沒書好讀，我只好反覆看旅遊指南書，結果從書中角落看到那位算命師的介紹。聽說她相當神準，而且好像會說日語。望著窗外的田園景致，我暗自下定決心，要請她幫我弄個明白，我今年陸續遭遇這些災難的原因。

有幾位算命師在台北龍山寺附近開店。走在這條滿是葬儀社和中藥行的巷弄，我很專注地搜尋旅遊指南上介紹的那位算命師的店面。我拿著一張寫有算命師名字的紙張，四處問人，最後終於找到我要拜訪的那位算命師。

這位算命師身穿一襲鮮紅的旗袍，頭上罩著白色蕾絲，幾乎完全不會說日語。我也不管她是否聽得懂，便滔滔不絕地說到我遭遇的災難，「失戀」「闖空門」「車禍」「成績差」「留級」「父母震怒」「不幸」「走楣運」，以潦草的字跡在筆記本上寫下我想到的漢字，拿給她看。

她以簡短的日語詢問我的出生年月日以及姓名，畫下一個奇怪的圖表，口中唸唸有詞，接著說道：「妳的屋子裡有不幸的種子。」正確來說，她是用中文說了些話，看我納悶不解，她便在我的筆記上寫下「屋」「有」「不幸」「種子」，然後以日語告訴我「就是這麼回事」。見我納悶地偏著頭，她想了一會兒，在「屋」的旁邊補上「房」字，在「種子」的旁邊補上「原因」。我記得中文的「房」是指房子的意思。我就這樣了解，她應該是在說「房子裡有不幸的種子」。

「啊！」我大叫一聲。那本書。那本書肯定就是不幸的種子。「妳指的是那本書對吧？book、書、book。」我拚命說道，在筆記本上寫上書的日文。算命師靜靜望著那個字，皺起眉頭，點點頭。

「只要把書丟了，我就會獲得幸福嗎？」我問。這次換算命師頭偏向一旁了。我在筆記上寫下「書、捨、我、成、幸福」，接著補上問號三連發「？？？」她再度靜靜望著我寫的字，接著在幸福這兩個字上面畫了兩個圈，衝我一笑。

是書，果然是因為那本書。我想起之前每次看到男友半夜在看那本書就心裡發毛的感覺。那肯定是某種預感。等我回去後，就馬上丟了那本書吧。那本不知道屬於誰的書。

走在被夕陽染紅的台北市街，我就此下定決心。台北整個城市就像在洗三溫暖一樣，溼黏悶熱。多得嚇人的摩托車響著喇叭，從馬路上飛馳而過。我微微拖著受傷的右腳行走，在那陌生的城市展開想像。想像那不知道屬於誰的不祥之書從我屋子裡消失，不幸的暗影就這樣一掃而空，我重新過著幸福生活的模樣。

事實上，我無法順利想像出自己幸福的模樣。我喜歡的男人已不會再造訪我的住處，這樣的生活就像回到十八歲之前的我一樣。住在老家，不知戀愛滋味，年僅十八的我，到底算不算幸福，我不知道。

儘管如此，我還是像運動選手一再想像贏得勝利的瞬間一樣，我也努力想像幸福。在想像的同時，一邊吸著摩托車排出的廢氣，一邊嗅聞從巷弄裡飄來的水餃醬汁的氣味。

當我回到東京那塞滿老舊家具的公寓時，已是冬天。大學已開始放長假。台灣之旅以及在花蓮住院的事，彷彿從沒發生過似地，日子又重新開始運作。

由於父母逼我還錢，不得已，我只好開始打工。在公寓旁的居酒屋上班，從下午四點工作到深夜十二點。工作結束後，我急忙趕去大眾澡堂，回到住處時已將近凌晨一點，直接呼呼大睡，連做夢的力氣都不剩。

原本打算一回來就扔掉的那本書，最後我還是無法丟棄。封面外翻，嚴重褪色的書。不知道屬於誰的書。我知道這裡頭充滿災難，也知道再不早點放手，又會有事發生，心裡很焦急。

可是要隨手一丟，將它混進可燃垃圾裡，又有所顧忌。因為我有種不祥的預感，覺得這樣似乎會遭受更大的懲罰。也曾想過要賣給舊書店。但還是一樣遲遲無法行動。覺得這就像收到匿名的惡運信，又將它轉寄給別人一樣，要是賣掉它，想必會感到良心不安吧。

就在這時，近藤南突然出現在我工作的那家居酒屋。她對我說，她從同學那裡聽說我在這裡打工，所以特地來光顧。

「因為發生了那件事，我們變得很少交談，所以我一直都很難過。」小南說。「如果說要道歉的話，又有點奇怪，不過，如果可以，我希望能像以前那樣和小君妳聊天。」

聽她這麼說，我有點尷尬。我在花蓮仰望天花板，聽著小販的叫賣聲時，還有在台北四處找尋算命師時，小南和我的前男友正打得火熱，耶誕節和新年也都一起共度，想到這點，我到現在仍然很想翻桌。但我好歹也是個成年人，能明白這並非小南的錯。而且我也很想跟以前一樣和小南聊天。一起談笑、共眠。

「你們處得還好吧？」我站在桌邊，很謹慎地問道，極力避免讓她聽起來覺得像是在挖苦。

「嗯。」小南有點尷尬地點點頭，視線望向菜單，小聲地要求：「請給我啤酒和滷大腸。」

「帶軟骨的肉丸子也很好吃哦。還有高野豆腐滷番茄。」我說。

「那也給我一份。」小南像鬆了口氣般，展露歡顏。

我告訴店長她點的菜，在為小南朝啤酒杯裡倒酒的同時，想到某件事。會想到這件事，連我也覺得自己或許有點殘忍，但我認為這不失是個好點子。我想到請小南將那本書交給我的前男友。

之前他在我的住處，每次睡不著時，總會翻開那本書閱讀，而就算他因為那本書而遭遇災難，也和我沒關係。或許像他這樣常拿起那本書來看的人，不會遭遇任何災難。當生啤酒和滷大腸端上桌時，我已覺得這是處理那本書的最佳方法。

「我十二點下班。還要將近三個小時的時間，妳方便的話，就一直喝到那個時候。待會兒去我住的地方一趟好嗎？有個東西想請妳幫我轉交給妳男朋友。」我說。

嗯，好啊，那我等妳。小南直視著我，莞爾一笑。

那是一個冷得彷彿會降雪的日子。離開居酒屋後，我不經意地提到「我向來都是去大眾澡堂洗澡」，小南聽了之後，很開心地說：「那我們這就去吧。」我們一路衝向澡堂，悠哉地泡在浴池裡。依序使用洗髮精和搓澡巾。感覺時間就像停在一年半前的梅雨季那時候，沒有流逝。不懂得戀愛，也不懂得失戀，擠在狹小的廚房裡做菜的那時候。

「妳要我轉交的東西是什麼？」小南在更衣室裡喝著咖啡牛奶，如此問道。「是一本書。我在想，那應該是他的書。或許他會說不是，不過，那不是我的書，而且我原本想看，但因為內容太艱深，我讀不下去。」我說。

從澡堂走向我住處的路上，我走在寧靜的商店街，突然想到一件事，對小南說：

「那本書妳一定要轉交給他哦。絕不能自己留著。」

我不知道她是怎麼看待我說的那句話，不過，當時小南一本正經地點著頭說：「嗯，我知道了。」比夏夜還澄靜的夜空，可以清楚望見幾顆明亮的星星。

然而，近藤南最後並未將那本書交給她男友。這件事，我是在大學畢業後過了很久才知道。

我大學畢業時，有了新的男友。我們搬到附獨立衛浴的房子，從老家帶來的床鋪和書桌都扔了。大一時的戀情早已忘記。包括當時那宛如遭受重大災害般的心情。小南和我前男友比我早畢業，他們在學期間一直都在交往。當然了，就算看到他們兩人同行，我早已不會在意。

我和小南一直是朋友。不過，該怎麼說呢，已經無法回復到像大一那樣的親密。雖然不願這麼想，但我的前男友，小南現今的男友，似乎在我們兩人之間鑿出一條鴻溝。我和小南見面會聊天，會出席多人參加的酒局，但已不會打電話長聊，或是到其中一方的住處過夜。自從一年前小南大學畢業後，我們就沒再聯絡了。

我比她晚一年畢業，到一家專門出版國中參考書的出版社任職。開始工作的第五年秋天，在偶然的機會下巧遇近藤南。地點在我家附近的健身房健身器材室，我星期天固定都會去報到。

「我原本以為只是個長得像妳的人。」小南如此說道，朝我走近。她穿著T恤搭愛迪達的運動服。T恤的脖子一帶滿是溼汗。

「不會吧，真的假的，竟然在這種地方遇上。」穿著T恤搭運動服，脖子上圍著一條毛巾的我，發自內心地驚訝。

我們都沒化妝，一身運動服打扮，所以感覺宛如時間完全停止流逝。就像我們仍是大學生一樣。我們坐向健身器材室角落的長椅，互道彼此的近況。

我已二十七歲，小南同樣也二十七歲。從我學生時代算起，我已搬過四次家，同樣的，她也經歷過多次搬家。不過她比我經歷了更多的波折。小南畢業後，進入一家小型的廣告公司，但不到一年公司便倒閉。之後她似乎一直輾轉從事不同的兼職工作。

接著小南說，她在二十三歲那年與學生時代交往的男友（也就是我的前男友）結婚。但結婚半年後，過著近乎分居的生活，一年後離婚收場。

「一起生活後才知道，我們完全合不來，說起來實在很可笑。」小南說。兩年後，她開始與聯誼認識的人交往，半年後閃電結婚。「結果竟然在一個月前分了。雖然離婚申請書還沒提出，不過，我們暫時先分居，於是我便搬到這個城鎮來了。才剛成為這家健身房的會員。」小南若無其事地說道。

「又是合不來嗎？」我問。「不，是他有了新歡。」小南面帶笑容地說道。

在靜靜播放著音樂的健身器材室角落，我突然想起那本書。我託她轉交的那本書。一切不幸的根源。封面外翻，不知道原本歸誰所有的那本書。

「小南，後來妳有馬上將那本書交給妳男友吧？」

「咦，妳在說哪件事啊？」小南對我逼問的氣勢感到吃驚，小小聲地問道。

「在即將升大三時，妳不是到我打工的居酒屋來找我嗎？然後就在我家過夜。」

「經妳這一提，好像有那麼一件事。以前我常在妳那裡過夜。」

「當時我不是交給妳一本書嗎？我還吩咐過妳，絕不能自己留著。」

小南望著日光燈排列整齊的天花板，露出猛然驚覺的神情。

「確實有那麼一本書。是小君妳的書。」

「妳交給他了吧？」

「對對對，就是那本書。我最後沒交給他。」小南注視著天花板說道。

「這麼說來，它現在還在妳那邊？」

「大概是吧……我剛搬家，大部分的行李都還在紙箱裡。」

「這怎麼行！」我近乎大喊地說道：「我當時不是吩咐過妳嗎，不能自己留著啊！」

小南在波折不斷的這五年內，兩度結婚、兩度離婚，一切的原因都出在我身上。我心裡這麼想。當時我為什麼會把書交給她呢?難道是她和甩掉我的前男友交往,當時我心裡不肯原諒她嗎?我希望她變得不幸嗎?這不可能,我一面在心裡否認,一面又覺得自己心底恐怕存有這個念頭。

「妳冷靜一下,我們睽違五年再次重逢,但妳說這些話,我聽得一頭霧水。」小南一臉困惑地笑道。

小南的住處,位於離健身房徒步約七分鐘路程的地方。一棟老舊大樓的五樓,屋內確實就像小南說的,滿是尚未拆封的紙箱。小南敞開通往陽台的玻璃門,直接坐向地板喝起了罐裝啤酒。我也喝著罐裝啤酒,不過,此時我實在坐不住,只想早點打開紙箱。

「感覺整個人提不起勁。所以除了需要的衣服、餐具之外,我都還沒動手整理。」小南以心不在焉的語氣說道。

我覺得小南之所以提不起勁,在這滿是紙箱的雜亂屋子裡生活,我該負全責。

「現在就打開紙箱吧。別再喝啤酒了。」

我站起身如此宣布，還沒聽到小南答覆，便開始打開身邊的紙箱。小南露出訝異的表情，但還是慵懶地站起身。

在健身房流的汗水，明明才剛乾，但在打開紙箱的過程中，馬上又大汗淋漓。夏天明明早就結束了，但窗外卻只吹進宛如重回夏天般的熱風。我打開紙箱，一邊取出裡頭的東西，一邊告訴她關於那本書的事。

十九歲的我遭遇各種災難。在台灣住院。台北的算命師。「不幸的種子」這句話。小南邊聽邊點頭，但當她聽我說到「也就是說，擁有那本書會引來不幸」，她笑了出來。

「這種事妳真的相信？」

「可事實上，妳一去上班沒多久，那家公司就倒閉了不是嗎？而且兩次都婚姻失敗。連打開紙箱的力氣都不剩。」說到這裡，我實在很想哭。

「可是，就我個人來看，我不覺得有多麼不幸啊。」小南一本正經地說道，接著她發出「啊」的一聲驚呼，從紙箱裡取出一本書，遞給我看。「是這本對吧？」

「對，就是它！」

我從小南手中將那本書一把搶了過來。嚴重褪色，封面外翻的翻譯書。

「從健身房回來的時候，我想起來了。為什麼當時我沒將這本書交給他。我應該是嫉妒妳吧。妳擁有他喜歡的書，我嫉妒這樣的妳。在我面前，他根本都不看書，看起來不像是個會看書的人。所以我心裡想，要是將這本書交給他，他就會想起妳，而回到妳身邊。」

小南坐在地板上，喝著想必已不再冰涼的啤酒，注視著玻璃門外，如此說道。

小南笑了。

「所以呢，我回來後，很認真地閱讀那本書。就像在準備考試一樣。正確來說，是依循著他看那本書的視線。十九歲的年紀還真是可怕呢。」

「然後呢，內容很有趣是嗎？所以妳才留了下來？」

「不，說起來，這書一點都不有趣。很難懂，有時猛然回神，發現自己同一行看了好幾遍。」

「既然這樣，妳為什麼還留著？」紙箱裡的東西分散屋內，我環視四周，向她問道。我看到有CD、雜誌、全新的肥皂組、用報紙包好的餐具、仍裝在洗衣店防塵套裡的連身洋裝。

「我二十二歲時重新回頭看後，稍微懂得書上寫的內容。二十四歲時又重讀一遍，又多了些領悟。那是故鄉發生革命，主角與女友一同逃亡的故事。他在夢中想念著故鄉，在異國度過二十多歲的年紀，等到他三十多歲後，終於回到了故鄉。回到他一直魂牽夢縈的故鄉，但已再也找不到他的青春。如果問說，他逃亡的地方是否有青春，因為他在那裡滿心想的都是自己的故鄉，所以在那裡一樣沒有青春。到處都沒有。當我二十五歲重看那本書時，看到某個段落，我暗自在心裡哭泣。」

從陽台遠望，隱約可以望見新宿副都心。宛如被霧氣包覆般，一片朦朧。

「所以我有時常在想，這本書到底是誰的呢？我忘了前夫的事，當然也忘了小君妳的事，就只是心想，為什麼這本書會一直擺在我的書架上呢？一直到剛才妳提到這本書為止，我真的完全忘了。」小南說。

「對不起。」我向小南道歉後，她打從心底感到不可思議，望著我問道：

「為什麼道歉？」

「因為這是不幸的種……」

我話說到一半，小南又笑了。

「剛才我也說過，我一點都不認為這五年來算是不幸或是災難，公司方面也是，我剛上班不久就覺得自己不適合當上班族。而我的第一段婚姻，也是覺得再繼續下去反而會帶來不幸。而現在這場即將結束的婚姻，該怎麼說呢，感覺就像坐雲霄飛車一樣，一點都不無聊。而且是因為對方犯錯才離婚，所以我拿到可以供我玩上半年的精神賠償金。」

我來回望著嘿嘿笑了兩聲的小南和那本書。

被男友甩了、遭人闖空門、留級、在狹小的公寓裡抱膝而坐的我、在陌生都市的醫院裡望著天花板的我、在居酒屋裡抬頭望著我笑的小南、很珍惜地將我交給她的書帶回家，認真閱讀的小南，我們兩人的身影交錯浮現在我腦海。接著浮現的是在那之後，因每個不同的時刻而感到不知所措、哭泣、歡笑，就這樣一年一年過去的我和小南的身影。

「我認為，什麼事都沒發生，那才是不幸。沒有歡笑、沒有哭泣、沒有雀躍、沒有沮喪，就只是反覆過著平淡的每一天。如果以這個含意來說的話，有這本書在手邊的這些年，我覺得很幸福。所以我還要謝謝妳呢。」

太陽緩緩改變角度，將朦朧的新宿副都心染成微帶金黃的橘色。我拿起擺在地上的罐裝啤酒喝了一口。

「妳可真堅強。」我忍不住這樣說道，小南莞爾一笑。

離去時，我從小南手中收下那本書。我不知道這本書究竟是會成為不幸的種子，還是會招來幸福，但比起這個問題，在聽了小南那番話之後，我現在只想好好看這本書。我們兩人像學生時代一樣，互相揮手道別。

之後又過了五年。我在同一個市鎮內又搬了一次家，又一次和男友分手，幾個月前和一名男子發展成像男女朋友的關係。雖然常沒去健身房，不過偶爾還是會去報到。不時會遇見身穿運動服的小南。

小南也搬過一次家，她住在隔一個車站的市鎮。一樣從事兼職的工作，她說想學翻譯，晚上固定到學校上課。我們不時會到彼此家中作客。小南現在和一名小她六歲的男子同居。男方似乎一直向她逼婚，但小南仍無法下定決心。「離婚兩次還能接受，要是離婚三次可就太傷了。」她明明還沒結婚，卻已預想到離婚的情況，說出這樣的話來。

不知從何而來的那本書，仍在我的書架上。我現在仍覺得，像是和男友分手、薪水完全沒調升、胖了三公斤、冰箱故障、自己沒能像小時候想像的那樣，成為一名特別的人物，也許都是這本書造成。

但這時候我也會想，儘管多次感到悲傷，因不合理而憤怒，但還是又能墜入情網、能在女性友人家中喝酒閒聊直到深夜、吃到開始上市的秋刀魚，忍不住大呼好吃、看電影不在乎旁人的眼光，說哭就哭、能接納這個一點都不算是特別人物的我，或許都是因為有這本書在的緣故。

我明白了當時小南那番話的意思。這本老舊、艱澀難懂、不知原本是何人所有的書，它的含意會隨著年紀增長而改變。如果體驗過一件悲傷的事，它的含意便會改變，如果談了新的戀情，它的含意也會改變，要是對未來感到不安，它的含意便又會改變。有時也會像小南一樣，視線循著文字走，眼中開始噙著淚水。有時也會笑出聲來。有時我會突然明白，一年前不懂的事，現在能理解了。了解自己現在仍持續慢慢成長。

而現在，剛和我交往的男友從書架上抽出那本書。好舊的書啊——他說。一個在其他方度過他的十九歲、二十七歲，我所喜歡的男人。

借你看，雖然不太易讀，不過內容很有意思。我一面瀝乾剛煮好的義大利麵，一面轉頭對他說。雖然是借你，但要記得還我喔，這是很特別的一本書。

抽屜深處

我知道大家都怎麼叫我。例如花痴、花蝴蝶、公共廁所。公共廁所這個稱呼有點老套，不過損人的字眼向來都沒什麼進步。像「你這個笨河童」、「你媽媽是凸肚臍」，就連平成時代生的孩子也會說。

不過，和男生喝完酒後，要怎麼做才能不帶對方回我家，我才想知道呢。或者是帶回家後，要怎樣才能什麼都沒發生？

借用我的朋友小莉說的話，我過的是一種「頹廢生活」，這種情況大約是從一年前開始。為了升學，兩年前我離開老家，開始獨自在東京的一棟公寓裡生活。第一年沒受到什麼誘惑，我原本不會和男生相處。一來也是因為我從國中開始讀的都是女校。

一直到我十九歲後，才開始有男生主動邀約，問我要不要一起吃飯，一起喝酒。我從青春期開始，一直都沒和男生互動，所以一開始覺得有點可怕，也覺得自己搞不懂男生，但經過幾次喝酒吃飯後，很快就習慣了。我就這樣明白男生不如我想像的那樣，其實也沒什麼。男生就是男生，如此而已。

我們一起用餐。男生主動請客。而且還說女生走夜路危險，一路送我回公寓。男生為什麼付出這麼多，我能為他們做些什麼？能做什麼回報他們？

我腦中能想到的，就只有一件事。

現在睡在我床上的，是我同班的男生，上垣。只知道他的姓，名字忘了。上垣完全不是我的菜。而且他一定是在哪兒聽過我的傳聞。例如這女人很容易上之類。所以他才會開口向我邀約，這再明顯不過了。

我們一起喝酒吧、一起增進情誼吧，他對我這樣說道，帶我去位於學生街的達摩屋。這一帶最便宜的一家居酒屋。比連鎖的白木屋和坪八更便宜，也更髒，店內只有我一名女客。

店裡的啤酒不冰、沙瓦味道很淡，下酒菜都很難吃。上垣只點了烤雞肉串和冷豆腐，而且菜都還沒吃完，就一直問我「真想去小篠妳家坐坐，不知道妳的房間是什麼樣子」，他的目的昭然若揭。

儘管如此，我還是帶上垣回家。之前他明明說好想看我的房間長什麼樣子，講了不下五百回，但他一走進玄關，對我房內的擺設連看也沒看一眼，就把我撲倒。拜此之賜，得在沒開燈的廚房裡做愛。

在廚房和床上各做一次後，上垣可能心滿意足，也沒沖澡，直接就睡著了。我還不睏，也沒有想看的電視節目，所以翻看上垣的包包以打發時間。

裡頭有兩本教科書、一本老舊的叢書、一本嶄新的單行本、錢包和手機、手帕和記事本。我將這些東西擺在地板上，心想，挺用功的嘛。我拿起叢書翻閱，望向封底。上面以鉛筆寫著數字「200」。應該是在舊書店買來的吧。不過，除此之外，上頭就沒再寫其他字了。這不是傳說中的舊書。我大失所望。

「這點很矛盾。」

上垣突然開口說話，我嚇了一跳，回身而望。但他還在睡。我心想，這個人夢話講得可真清楚，覺得好笑。不知道他做怎樣的夢。是哪裡矛盾？

男生每個都是普通的男生，但每個人又不太一樣。與女人上床採取的步驟不一樣，撩妹用語不一樣，辦完事隔天的態度不一樣，之後對待我的方式也不一樣。雖然這是理所當然的事，不過還是常會令我感到吃驚。不論是有為青年、渣男、花花公子，還是一本正經的男人，全都經歷過孩童時代才有今天。儘管熱中過類似的事物，迷戀過類似的人，度過類似的時間，但看待方式每個人都不同。將各種記憶收藏在各種抽屜中，就這樣成為大人。

因此我認為，人們是由記憶構成。

某人發起某個行動。就算是不經意發起的行動，也是由過去的記憶所決定。雖然自己覺得是從各種選項中挑選出這樣的行動，但其實不然，老早以前就已經做好選擇。

望著沉睡中的男生，我總會在心裡這麼想。

這麼說來，明明沒好好交往過，我卻接連帶男生到家裡來，我的這種行動，也是很久以前還年幼的我所決定的嗎？

隔天一早，我對上垣談到這件事。

七點多醒來的上垣沒有要回去的意思，他一直喊肚子餓，所以我帶他到附近的一家咖啡店。我吃著吐司搭水煮蛋的早餐特餐，說出我昨天想的事。

「的確，妳幼兒期應該是出了什麼問題。」

上垣一臉得意地說道。竟然沒叫我名字，直接用「妳」來稱呼。只發生過一次關係（正確來說是兩次），就直接用「妳」來稱呼女方的男人，沒想到現在還存在。

「你說的問題，指的是什麼？」

「根據我的推測，妳應該是渴望父母的愛吧。妳父母特別寵愛弟弟或妹妹，都不太搭理妳。所以妳才會像被拋棄的狗一樣，看到人就搖尾巴，緊黏著不放。」

上垣很仔細地剝著蛋殼，如此說道。晨光從咖啡店的大片玻璃窗射進，令上垣剝好的蛋殼碎片綻放白光。

「我沒弟弟，也沒妹妹，是獨生女。而且備受父母寵愛。」

我受夠了他的瞎猜，如此說道。過去的記憶會決定現在，我昨天的這個想法，並不是上垣說的那個意思。

「那麼，妳一定是因為父母過度溺愛，缺乏平衡。一旦沒有滿滿的愛，就會不安。所以才不斷地勾引男人。」

「這算是勾引嗎，是你們自己要進我的屋子。」

我更正上垣的說法，他打斷我，趨身向前注視著我。

「我說，別再談這個問題了。看了我都覺得難過。我會讓妳忘掉各種煩憂。接下來我會使出真本領哦。」

「我最討厭像你這樣的人了。」我將吐司嚥下，如此說道：「只上一次床，就擺出一副男朋友的姿態。」

上垣瞪大眼睛望著我，什麼話也沒說，將水煮蛋塞進嘴裡。

「妳沒救了。」

上垣嘴裡塞著水煮蛋，如此說道。

我心想，讓這種傢伙到我家來，真是失策，但我覺得昨天的我也沒別的選擇，只能讓他到家裡來。

「先不談這個，上垣，你常去舊書店嗎？」我重新整理心情後，向他問道。

「算常去嗎，應該還好。」他興致索然地回答道。

「我問你，你看過一本打開封底後，裡頭寫滿字的書嗎？」

「啥？我不懂妳的意思。」

「我是說……」

本想說明，但上垣看起來根本沒在聽。他不發一語地吃著吐司，喝光杯裡的咖啡。「那我回去了。」他站起身說道。接著補上一句「小心別被人殺了啊」。就像是什麼充滿智慧的臨別贈言般，接著頭也不回地離開咖啡店。你忘了付帳啊——我還來不及對他說，他便打開店門，逃也似地走了。

告訴我有傳說中的舊書存在的人，是塚田先生。他是常會到我打工的那家中古CD行光顧的人。當時因為他在找尋的CD出現在店裡，我跟他聯絡，我們之後常一起用餐。我住的公寓他曾來過三次。

塚田先生結束後，躺在床上望著按下靜音的電視畫面，開始低聲說道。

我就讀的大學周邊有幾家舊書店。那本書好像就在那一帶的舊書店之間輾轉來去。是一位沒什麼名氣的作家初版書，那本書本身也不是多有趣，不過封底寫滿了字。

「許多人在上面寫字，但不知道是為什麼而寫。舉例來說，像『傍晚六點，對面大樓的燈光陸續亮起』，或是『夏日的午後，在住宅街的巷弄傳來咖哩的氣味』，寫滿了這類的事。」

塚田先生看著電視畫面，以模糊不清的聲音說道，接著向我確認：「啊，我可以抽菸吧？」點燃香菸。

「應該是詩，或者是短歌之類的吧？有個人寫了上句，下一個人作了下句。應該是這樣吧？」

「嗯……詩是吧。可是沒有詩意呢。」

「塚田先生，你看過那本書嗎？」

「看過一次。不是有家叫『古書青麟堂』的書店嗎。就位在妳就讀的那所大學後門外幾公尺遠的地方。」

「不知道。」

「有啦。我三年前在那裡看過。上頭真的是寫滿了字。寫著大樓的燈光，巷弄的咖哩，對了，還有一句『壽司店的貓，只要摸牠脖子，馬上就會露出肚子來』。」

「那是買舊書的人在上頭寫字，然後又轉賣，如此而已吧。」

「話是這樣沒錯，不過，大家到底都在上面寫些什麼，令人在意。三年前我第一次看到時，只覺得這本書好髒啊。當然了，我只是拿起來看，並沒買。但我就是忘不了。心裡想，那到底是怎麼回事。因為太過在意，幾個月後，我又到青麟堂找那本書，但它已經不在那兒了。從那之後，我就一直在找它，但始終找不到。」

「應該是被人買走，已經不在那裡了吧。」

「我朋友說，上個月才在松澤書店看到過。」

「松澤書店？」

「小篠，妳都沒去上學是嗎？青麟堂再過去就是了。我猜那本書一直在那條舊書店街輾轉流浪。」

「上頭寫的字也愈來愈多嗎？」

「沒錯。有人知道大家都會在上頭寫些什麼，就會買下那本書，自己也在上面寫字。然後再賣出。」

塚田先生大我七歲。從我就讀的大學畢業後，一直都住在學生街。雖然他沒說，但他現在好像仍住在學生時代就開始住的那棟「破公寓」。他不時會去打工，至於其他時候都在做些什麼，我就不知道了。

「也就是舊書傳說對吧。」我開玩笑道，塚田先生則是在菸灰缸上擰熄香菸，一本正經地應道：「沒錯。」

真無聊的傳說——這句話我沒說。因為我覺得塚田先生不是在找那本舊書，而是在找某個更重要的東西。

下午第一堂課停課，所以我決定到大學附近的舊書店逛逛，打發時間。

我在哪裡聽說過，大學周邊的舊書店街，原本是在戰後的一片焦土上設立賣書的露天市場，就這樣延續至今。從大學後門一路相連的窄細街道，呈放射狀往外延伸出許多巷弄，舊書店就在那一帶聚集。很難想像那滿是便宜定食店和咖啡店的巷弄，以前竟然是一片焦土。那個時代連要填飽肚子都有困難了，竟然還有人會到露天市場來買書，這點同樣難以想像。

雖然無法想像那幕光景，但同時我心裡也想，露天市場想必人山人海，熱鬧非凡。就算再餓再窮，人們還是需要書。

我心裡這麼想，朝某家店門口擺出的花車裡的書逐一細看，這時，身後有人叫我。是一張熟悉的臉孔。我馬上認出，是語學課跟我同班的男生，但我想不起他叫什麼名字。

「臨時停課很傷腦筋對吧。」他說。

「啊，你也修德國唯心主義這門課啊。」我笑著應道，雖然還是沒想起他叫什麼名字。

「是啊，我一直都坐妳前面。」

「因為是大教室，所以沒發現。」

「也對啦。妳在找什麼？」

「就只是在打發時間。」

「嗯～我也是。」

男子如此說道，站向我身旁，望向花車裡的書本。他拿起一本老舊的叢書隨手翻翻，又放回花車上。我打算就這樣和他一起逛舊書店嗎？還是就此和他道別比較好呢？我自己也不知道，無所事事地站在原地。

「我問你，你知道那本傳說中的舊書嗎？」繼續這樣不發一語地往花車裡窺望，顯得很不自然，所以我主動打破沉默。

「傳說？」

「嗯，聽說在封底寫滿了字。」

「咦……沒聽說過呢。都寫了哪些東西？」

「寫了哪些東西，這我也不太清楚。」

「是對書的感想嗎？」沒想到他很感興趣，還主動提問。

「也不是感想……詳細情形，你想聽嗎？」經我詢問，男子一臉認真地點了點頭。

「那我們找個地方喝咖啡吧。站著聊天也怪。而且一直待在這裡，好像會妨礙店家做生意。」

「說的也是。」男子莞爾一笑。

我們離開那家舊書店，走在蜿蜒的巷弄。巷弄前方可以望見一條大路。種在人行道旁的銀杏，樹葉全都染成黃色，沐浴在陽光下，像燈泡般散發光芒。

我們走進一家位在舊書店與理髮店中間，感覺幾乎快要被夾扁的咖啡店。店內沒半個客人。我們坐向靠窗的座位，各自點了咖啡。

「坦白說，這是我從朋友那裡聽來的。」咖啡送來後，我開始說明。談到含意不明，像詩一般的短句。青麟堂的事。塚田先生朋友說的話。這名男子一動也不動，聽得很專注，我問他：「會不會覺得這件事很無聊？」他一本正經地回應：「上面寫的字，應該是各種人的記憶吧。」

「記憶？」

「也許是最重要的記憶，或是最初的記憶。」

「原來如此。」我不自主地大聲叫道。像住宅街的咖哩氣味、露出肚子的貓，也許真的是寫下每個人自己所擁有的最初記憶。「或者是那個人最滿足時的記憶。」

我們望著彼此，沉默了半晌。

「就是那個。」我開口道，男子接著回應：「真想親眼看看。」

我們再度陷入沉默，慢吞吞地喝著各自的咖啡。咖啡店很寧靜，裡頭有股渾濁的昏暗。桌面上有無數道刮痕，窗外一片白亮。角落泛黑的牆壁上掛著的時鐘，以響亮的聲音刻畫出秒針的行進。

我心想，我和這位不知叫什麼名字的同學，這時候一定都想著同樣的事。如果發現那本書，將它買下來的話……。雖然不知道是什麼書，但要是閱讀那本書，一路看到寫滿記憶的封底……。到時候，我會寫些什麼呢？我想的都是這類的事。

最初的記憶、最重要的記憶、最滿足時的記憶。如果是最初的記憶，以我的情況來說，是媽媽的胳臂。我們在國鐵車站的候車室裡。候車室就像這家咖啡店一樣暗，外面則是閃亮亮。母親坐我身旁，不時以拿在右手的手帕擦拭我額頭的汗水。就在這時，母親的胳臂阻擋了我的視線。從無袖服伸出又白又豐腴的胳臂。

如果是最重要的記憶，我什麼也想不起來。如果是最滿足時的記憶，那我又更不清楚了。我很驚訝。我想不出自己最重要的時間和最滿足的時間。之所以想不出來，表示我心裡根本沒有這樣的東西存在。該不會從我望著母親白皙胳臂的那時候起，便什麼也看不見，什麼也沒有，一直坐在這裡，就只有歲月流逝吧？產生這樣的念頭後，突然感到害怕起來。我心想，不懂什麼是喜歡，就這樣和許多男生上床，也許表示我感到寂寞、無趣。這還是我第一次有這樣的念頭。

抬起臉一看，坐我對面的男子似乎也和我一樣，一直靜靜望著已經空了的咖啡杯。他可能是察覺到我的視線，抬起臉，靦腆地一笑。

「會忍不住想這個問題對吧。」我不自主地這樣說，男子則回我：「不過，我們對這個世界，只有大約二十年的認識。而且還是個很渺小的世界。」

我們走出店外（我們各付各的。這令我微微鬆了口氣。因為要是他請我的話，我又會開始思考自己該怎麼答謝他才好），走向前方的一家舊書店，與這裡隔了幾家店。我們背對著彼此，從最外邊開始把書取出，翻看封底。

下午第二堂課上課的時間早過了，但我們仍待在舊書店不走，持續朝書背伸手拿取。舊書店的玻璃門外，原本白光閃耀的街景，已緩緩轉為微帶橘色的粉紅。傳說中的書不是這麼輕易就能找到。過沒多久，我們已搞不清楚自己在找什麼了。甚至覺得像是在書架的縫隙間找尋自己曾經失落的一部分。

當染成藏青色的玻璃門已隱約映照出我們兩人找尋書本的身影時，我們終於放棄，走出店外。

「如果那麼容易就能找到，就不是傳說了。」他就像要說服自己似地，如此說道。

「像這樣努力搜尋，偏偏找不到，而當忘了有這麼回事時，某天又會不經意地得到它，它就是這樣的書。」我像在安慰自己似地說道。

他要回大學去，我則是得趕去打工，我們兩人在舊書店前揮手道別。

「對了，告訴我你叫什麼名字。」我想起自己還不知道他叫什麼名字，對他說道。

「真過分，原來妳一直都不知道啊。我姓坂井。坂井哲也。」男子說道，用力朝我揮手。

塚田先生和我一起坐在烤雞肉串店的吧檯前，我向他提到坂井哲也的見解。

「記憶，他認為是記憶是吧。不過，不清楚是什麼的記憶。舉例來說，也許是被情人甩了，對當時情景的記憶。」

「也可能是悲傷的記憶。」我吃著撒滿了七味粉的雞肉丸子，如此說道：「不過，該怎麼說呢，感覺很酷呢。雖然可能是悲傷的記憶，也可能是快樂的記憶，但總之，那本書上寫的應該是每個人感到掛懷的光景吧。那算是人類的記憶抽屜吧。」

「妳說人類未免也太誇張了吧。」塚田先生喝著水果氣泡酒，笑著說道。

「我不知道該怎麼說才好，不過我認為，像極度悲傷或快樂的時候，世界就在眼前，雖然那只是世界的一小角，但在那個時刻對當事人來說，那一小角不論是氣味還是色澤，全都很完美。在覺得生活無趣的人們心中，總會有留下像這樣的一個完美記憶。我覺得這很酷。所以我也想找尋那本書。」

「小篠，妳可真是年輕啊。」

「我的確很年輕，我小你七歲呢。」

烤雞肉串店空間窄小，整個店內煙霧瀰漫。我們身後的桌位，坐著一群上班族，正大聲辱罵某人。右邊的吧檯座位，有一對已不年輕的情侶，正低聲談論嚴肅的話題。而在吧檯內，綁著頭巾的店主皺著眉頭，動作俐落地烤著雞肉串。這些人都有出生後第一次有記憶的光景，有哭泣時看到的光景，有高興得跳起來時看到的光景，在平凡無奇的時候、刷牙的時候，或是搭地鐵的時候，那幕光景突然在眼前擴展開來，想到這點就覺得很不可思議。

「要是找到的話，我們要通知彼此哦。」我對忙著從湯汁多的滷大腸裡頭撈出料的塚田先生說道。

「不，要保密，還是自己找到比較好。」塚田先生一本正經地說道。

「這樣啊，說的也是。」我如此應道，將剩餘的啤酒一飲而盡。

這天一如往常，是塚田先生請我，但我沒帶他回家。塚田先生似乎想和平時一樣到我家去，他納悶地望著在車站前揮手朝他說「再見」的我。「謝謝你的招待。」我低頭行禮，一口氣衝下通往地鐵月台的樓梯。我並非抱持什麼崇高的志向，想戒掉小莉說的「頹廢生活」。我只是想找尋自己覺得重要的記憶。覺得悲傷的時間。萬一寫有各種人記憶的那本書來到我手中時，我能毫不猶豫寫下的事。我覺得自己似乎很久以前就發現，我總是和自己不喜歡的人上床，這並未對我帶來什麼傷害，但我也沒因此而開心。

秋天就像被冰涼的空氣吸走般，轉眼秋去冬來，大學邁入漫長的寒假，接著日照逐漸增強，校內擠滿了新生。我升上大三，塚田先生開始在保全公司上班。我已不像去年那樣，會帶他以及其他男人回自己家中，但現在人們仍在背後說我是花蝴蝶、花痴。我在舊書店街遇過坂井哲也幾次，也有幾次一起吃過飯。但也就只有這樣。我沒帶他回家，他也沒邀我去他住的公寓。

我和坂井哲也，還有塚田先生大概也是，一樣都在找尋那本書。如果不是有人瞞著沒說的話，就是到現在還沒找到。

有時也會覺得，恐怕一輩子都找不到了，而有種不知如何是好的心情，而有時又會擔心，真的找到的話該怎麼辦。因為足以寫在封底的體驗，我到現在還不曾有過。

我穿過走慣了的舊書店街，前往校舍，腦中想著這件事。遠方傳來上午第二節課的上課鈴聲。我已習慣遲到。我不疾不徐地走著，有人從後面拍我肩膀。轉頭一看，原來是坂井哲也，他氣喘吁吁地站在我身後。

「第二堂課上課了。」

第二堂課是德國唯心主義，坂井哲也一樣坐我前面。

「還好，沒差。」

「妳忘了今天要考試嗎？」

「咦，有這麼回事？」

坂井哲也沒答話，一把握住我的手腕，往前奔去。

「沒關係啦，用不著跑。」

「麻煩大了！如果沒參加這場考試，接下來就算每次都乖乖上課，可能一樣會被當。」

「怎麼會這樣？話說回來，為什麼四月就開始考試了？」

我很大聲地喊道，連走在前面的幾名學生也都轉頭看。坂井哲也緊緊握住我的手腕，真是羞死人了。和我上過床的男人明明十根手指都不夠數。對他這樣的舉動，我應該完全不當一回事才對啊。

坂井哲也一路向前跑，完全沒放慢速度。我就這樣慢慢讓他拖著跑。途中經過幾家舊書店，經過去年光顧過的咖啡店。巷弄的前方已能望見大學後門。招攬新生的社團擺出五顏六色的看板映入眼中。圍繞後門而種的成排櫻樹出現在眼前。櫻花花瓣隨徐風飛舞，在開始冒出淡綠色新葉的群樹後方，是清晰的蔚藍晴空，我那被坂井哲也握住的手腕，就像發燒一樣燙。隔著坂井哲也的肩膀望去，那不斷朝我靠近的熟悉光景，呈現出的轉瞬之美，令人屏息。

三澤書店

當人們問我，出書後最想告訴誰這個消息，我腦中想到的不是女朋友優子，也不是我父母，而是三澤書店那位駝著背的老太太。但要說是三澤書店的老太太，我實在說不出口，只好給出最保險的回答，說我想告訴我父母。

我是在去年春天參加某文藝雜誌新人獎的徵文，而在幾乎都快忘了這件事的今年夏天，我接到一名陌生人打來的電話，說我打進決賽，當時我好不容易才聽懂「決賽」這幾個字所代表的含意；而又隔了兩個月後，再次接到陌生人打來的電話，說我得獎了。

雜誌的編輯部把我找去，與我多方討論今後的合作事項，但我完全沒有這樣的真切感受。到了頒獎典禮這天，我踏進會場，心裡想，我好像惹出大事了。

會場辦在飯店的大廳，裡頭人山人海，有舞台，有金屏風，右側是我的座位，左側是評選委員們的座位。典禮一展開，馬上閃光燈閃個不停，我一點都不覺得開心，或是在心中暗叫「我成功了」，倒是覺得自己惹出大事的感覺愈來愈強烈，就像全身蜷縮般，坐在金屏風前的座位上，如同罪犯般低頭致詞。典禮結束後，有幾名記者來到我面前，以艱澀難懂的話語詢問我文學、得獎感想、經歷。其中一人的提問，讓我想起三澤書店的那位老太太。

頒獎典禮結束後，來到很像婚禮也有的歡聚交流時間，大家開始享受設置在會場中央的美食，我被一大群陌生人包圍，忙著收名片、問候，根本靠近不了那些美食。

會場裡開始播放起代表結束的〈螢之光〉這首歌，剛才還在這裡吃喝暢談的人們，都慢慢離去。編輯帶我去續攤。續攤場地是一家小酒館，我再度被一群陌生人包圍，我蜷縮著身子，只顧著喝酒。

您是從什麼時候開始想寫小說？您第一次寫小說是什麼時候？平時都看什麼小說？這些陌生人接連提問，我紅著臉低下頭，總是囁嚅且含糊地回答。在這樣的過程中，我又想起了三澤書店。

三澤書店是在我老家附近的一間書店。

那是個很乏味的小鎮。從車站一路連出的商店街，有三分之一的店家都倒閉，拉下鐵門。有人以噴漆在上面留下猥褻的塗鴉，一直都沒人清除，就這樣逐漸泛黑，很自然地開始消失。這裡沒有超市，沒百貨公司，只有像是超商兼賣味噌、醬菜、蔬菜的迷你超市。影音出租店得走到隔三站遠的市鎮才有。要買電器產品和衣服，得花時間跑一趟鬧區。玻璃布滿塵埃的美容院和進口商品店，不管什麼時候看，裡頭都沒客人，當時我雖然還只是個孩子，卻也感到納悶，不知道他們生意是如何經營。

三澤書店就座落在這種毫無生氣的商店街外圍。它並不是什麼大空間的店面。店頭擺出週刊雜誌和漫畫，是再普通不過的書店。不過，走進店內一看，裡頭像倉庫一樣雜亂。架上容納不了的書，就堆疊在地板上，平放用的台座上也雜亂地疊著書。收銀台也疊了書，就像岩壁一樣。往岩壁的縫隙內窺望，裡頭總是坐著一位老太太。老太太常都拿著她要販售的書，沉浸在閱讀中。

想買什麼的時候，光是把書擱在岩壁縫隙內沒用，得出聲說句話，例如「呃，不好意思」，否則老太太不會察覺。我明明是店內的客人，但每次出聲叫喚時，就像是打擾她閱讀般，覺得過意不去。

鎮上的人當然都深受三澤書店的關照。家父買《文藝春秋》，家母買婦女雜誌《Mrs》，姊姊買《少女FRIEND》和《Ribon》，我則是定期購買《小學一年生》和《少年JUMP》等雜誌。每到發售日，我和姊姊就會到書店去。我們叫喚正在看書的老太太，告知要買的雜誌名稱。老太太會四處翻找。總會有書本從收銀台上翻落。在老太太找到寄來的雜誌前，我總是仔細巡視店內。

對小時候的我來說，三澤書店就像是世界圖書館一樣。我深信全世界的所有書都在這裡。書這種東西，原本就沒經過分類和整理，像育兒全書、暢銷書、國外名作全集、古典文學，全雜亂地堆疊在這裡，有時當中的縫隙處還會有包膜的色情書刊。雖然舊書上面會布滿塵埃，封面褪色，但是對老太太來說，這種事似乎一點都不重要。

不是定期購買的雜誌——例如像宮澤賢治或是海明威的書，要購買時，與其自己從堆積如山的書堆裡找出，還不如跟老太太說一聲比較快。只要說出你在找什麼書，老太太就會慢吞吞地從岩壁後方走出，像狗憑嗅覺挖洞一樣，突然停下，手伸進眼前的書塔中，就這樣取出你要的書。我一直都覺得她就像妖怪一樣。那填滿店內的眾多書本，它們的位置全都記在老太太腦中。

隨著年齡增長，我和姊姊，以及鎮上的人們，都不再到三澤書店光顧。雖然要找的書那裡一定有，但就是不想出聲叫那位老太太。就像國高中生喜歡超市，更勝於面對面式的傳統店鋪一樣，比起三澤書店，我更喜歡鬧區裡的大型書店。

頒獎典禮結束後，我恢復原本純樸的生活。

雖然贏得了新人獎，卻不是馬上就能成為作家。白天還是跟之前一樣，到公司上班，晚上則按部就班地寫著我的第二本小說。週末優子來找我，我邊看電視，邊吃優子做的菜，最後一起同睡。

新人獎的獎金為五十萬日圓。對二十七歲的我來說，是很大一筆錢，但我沒印象自己買了些什麼，卻在短短一個月內，獎金就所剩無幾。

下班回家後，隨便打發一頓晚餐，坐在電腦前，與故事裡瑣細的部分展開搏鬥，我漸漸覺得自己能寫小說，贏得新人獎，根本就不是真的。甚至覺得那場莫名華麗的頒獎典禮，該不會是一場超現實的夢吧？話說回來，我的形象和小說實在很不搭。我反而還比較像是在一家小型的印刷公司上班的員工。我不可能寫得出第二部作品，就算寫得出來，之後也不可能一直持續地寫小說。

還是放棄吧。看來，還是努力存下五十萬日圓，還給出版社，當作新人獎這件事沒發生過，把寫到一半的第二部作品全刪了吧。

產生這樣的念頭後，我取出刊登我小說的文藝雜誌，偷偷看了起來。試著確認我寫在上頭的名字和個人資料。我自動想起了三澤書店。一間宛如書本叢林的昏暗書店，以及從書本縫隙間可以望見的那位老太太的身影。明明是要賣的商品，她卻舔著食指翻頁。即使出聲叫喚，但要是太小聲，她不會察覺。

隱隱浮現在我記憶裡的三澤書店，我像小時候一樣環視店內，不知為何，心情就這樣奇妙地平靜下來。雖然感覺很名不符實，但我漸漸覺得自己確實寫出小說，也贏得大獎，獲得人們的認同。就算不是多產作家也無妨，不能出名也沒關係，今後我想一直寫下去。

十二月中旬時，我的得獎作推出了單行本。在公司附近的咖啡店裡，當編輯將它擺在桌面上時，我差點忍不住放聲大叫。雖然還是一樣沒有「我成功了」的感覺，而且心情就像惹出什麼大事般，但不光只是這樣，還有一種心癢難搔、很想放聲大笑、如果不大聲喊出來會憋得難受的心情。但我不能大喊，我得咬緊牙關忍住才行。

編輯詢問我第二部作品的進度。我回答「一切順利」。在回答的同時，我心裡想，今年過年，就順道去一趟三澤書店吧。

在我二十七年的人生中，只幹過一次偷竊的勾當。就在三澤書店。

那時候我已不太去三澤書店，那天母親託我去買書。我當時已是高中生。老太太還是老樣子，坐在收銀台上堆成小山的書本後面，專注地看書。我告訴她一個禮拜前家母訂購的書名，老太太再度四處翻找。只要是書店裡的東西，老太太明明都能準確地掌握它的所在位置，但定期購買的雜誌和顧客訂購的書，她卻老記不住放在哪裡。

當時已是夏季的尾聲。暑假早已結束，但天氣依舊悶熱，店內傳出冷氣運作的咔咔啦聲。

疊在台座上的書堆，最上面那本書映入我眼中。是裝在書盒裡，很厚實的書。老太太替母親找書的這段時間，我不經意地拿起來看。從書盒中一把抽出，翻閱目錄。似乎是一部長篇小說。

當時不知為何，我深深被那本書吸引。至今仍不懂為什麼。也許是因為書名深具吸引力，也可能是因為目錄的詞句令我印象深刻。我想閱讀這本書。甚至應該說，我想擁有這本書。如果是衣服或CD倒還說得過去，但對書本有這麼強烈的欲望，這還是第一次，所以我很驚訝自己竟然會產生這個念頭。

我翻向封底，看到價格後，倒抽一口氣。因為將近一萬日圓。這不是當時的我買得起的金額。

讓你久等了，找到了——老太太朝我叫喚，我急忙將書放回書盒內，反射性地把書藏在底下。因為我不希望有人將它買走。

買了母親託我買的書，回到家中後，那本書的事仍在我腦中揮之不去。我一再想像那本書擺在我書架上的模樣。我想努力存下一萬日圓。

隔週，放學時我繞往三澤書店一趟。老太太一樣專注地閱讀某本書。我假裝在店裡挑選，暗中找尋那本書。

理應藏在底下的那本書，又被擺在書堆的最上層。我心想，肯定有人想買這本書。於是我拿起那本書，將它往更底下的書堆裡塞，然後逃也似地離開店裡。

但我遲遲存不到一萬日圓。因為我想買的是書，只要開口拜託母親，她也許會很乾脆地掏錢。但不知為何，我就是開不了口。說自己想買書，感覺就像在裝模作樣，實在說不出口。

放學時順道繞往三澤書店，幾乎已成了我每天的例行工作。說來也真不可思議，不管我再怎麼藏，最後那本書還是會被擺向顯眼處。怎麼看都覺得肯定是有個人和我一樣，每天到三澤書店報到，從底下抽出這本書來看，一樣因為價格昂貴而買不下手，就這樣往上面一擺，走出店外。

與其被人帶走這本書，我寧可偷走它，佔為己有。我那被逼急了的心情，現在回想只覺得滑稽，但這和愛上某個女生是類似的心情。

就這樣，我下手偷走那本書。

要從三澤書店偷走書，並不是什麼難事。甚至可以說，這是再簡單不過的事了。店裡只有老太太一個人，而且三澤書店不可能會有監視器這種東西，老太太總是在書牆的另一頭專注地閱讀。如果有日本全國最容易行竊的店家十大排行，三澤書店肯定能拿下第一名。

我若無其事地拿起擺在書塔上面的那本書，在店內晃蕩，然後走出店外，就像什麼都沒發生似的。老太太連一次都沒抬過頭。走出店外後，我的雙腳開始顫抖。我從以前就很膽小。我顫抖著跑回家。夏天已過，空氣明明已經轉涼不少，但我腋下卻滿是溼汗。我緊握書本的手，同樣也因為汗水而溼滑。為了不讓母親看到這本書，我一回家就往房間裡衝。

連制服也沒換，就打開那本偷來的書看。一看馬上就被深深吸引。吃晚餐嘍——儘管母親出聲叫喚，我也沒聽見。在吃晚餐時，我滿心只想著要接著往下看。我動作飛快地泡好澡，回房間打開那本書。完全忘了它是偷來的。

猛然回神，發現東方天色發白。太酷了。我在悄靜的房內，獨自喃喃自語。此時的我只想得出這句形容。太酷了、太酷了、太酷了。這句話一再反覆。我一再反覆說著「太酷了」，同時了解自己是個貨真價實的傻蛋。因為書上明明有那麼多的語彙，我卻只能用一句「太酷了」來形容。

隔天，我在幾乎整晚熬夜的狀態下上學。腦中滿滿都是剛讀過的那本書裡的語詞。但每個都是某人寫下的語詞，而出於我自己的語詞，一樣只有那句憨傻的形容。

那天，我刻意避開三澤書店，繞遠路回家。

從那之後，就算母親託我買書，我也絕不去三澤書店。就這樣到了十八歲的年紀，為了升學而來到都心，儘管新年回老家，當然也還是不會去三澤書店。那本偷來的書，一直都擺在我的書架上。

我開始想寫和我的模樣很不搭調的小說，是前年歲末的事。至於為什麼會動念，我不知道該怎麼說才好。唯一可以確定的是，當時的心情一直都留在我心中，揮之不去。這本書明明有這麼多的語詞，但全都是別人想出的語詞，至於我自己的語詞，就只有無比幼稚的那句話，有說跟沒說一樣，就是這樣的心情。我就不能只用我的語詞，用我自己所想的語詞，來說點什麼嗎？就算很拙劣也無妨，唸起來很不順口也沒關係，就不能寫點什麼嗎？我就像在找尋自己的語詞般，持續寫下文字。

儘管歲末、新年到來，我也不回老家，整天關在公寓裡，寫了又刪，寫了又刪，就像要撈起映在水中的明月般，持續寫個不停，三個半月後，我自己的話語已構成一疊稿紙。我對小說根本就一竅不通，連這樣是否算得上是小說都不知道。因為好不容易寫了這麼多，就姑且一試吧——當初就只是出於這種窮人的思維，才投稿參賽。

正月初三這天，老家從一早就陸續有親戚湧入，我悄悄溜出，前往三澤書店。錢包裡放了我偷走那本書的書錢，手中的褐色信封袋則是放了我自己的書。

從我十六歲的那天起，便一直刻意躲避，所以我已有十一年沒走在三澤書店所在的商店街了。雖然老家附近也是，不過與當時相比，商店街可說完全變了個樣。可能是增加了不少新建的大樓，商店街因此略微恢復昔日的榮景，明明才正月初三，卻少有拉下鐵捲門的店家。有影視出租店、便利商店、平價餐廳。也有連鎖居酒屋和電玩專賣店。不過，是否真那麼熱鬧呢，倒也不然，不知為何，這裡仍瀰漫著一股空蕩蕩的氣氛。

正月的天空高遠、清澈。孩子們在地上拖著淡淡的影子，衝進電玩專賣店內。原本的煎餅屋改成了手機店。肉鋪仍位於同樣的位置，但鐵捲門緊閉。

隨著三澤書店愈來愈接近，我的心跳愈來愈急。我經過同樣拉下鐵捲門的「真心西式裁縫店」，經過「紅心洗衣店」，經過店頭擺出扭蛋機的零食鋪，很快便看到三澤書店的招牌。那泛黑褪色的黃底紅字。啊，它還在。沒消失。我大大鬆了口氣，連我自己都覺得驚訝。

位在和以前同樣地方的三澤書店，拉下鐵捲門。經這麼一提才想到，我從沒見過三澤書店拉下鐵捲門。以前這條商店街幾乎就像睡著一樣，但唯獨三澤書店永遠都開門營業。

是因為今天才初三嗎？明天就會開門營業嗎？我站在泛黑的鐵捲門前，腦中不斷思索。一群穿著和服的女孩從我背後走過。她們手中破魔矢❸的鈴鐺發出叮鈴叮鈴的聲響。

我明天下午才回東京，所以明天早上再來一趟吧，我心裡這麼想，但另一方面又覺得，要是現在就這樣離開，我就不會想要再來這裡了。

我在那裡佇立良久，後來拿定主意，繞到店面後方。我很早以前就知道，店面後方是住家。我試著按下店面後門的對講機按鈕。我感到情緒既激昂，又緊張，就像十幾歲時偷按住宅街住戶的門鈴，按了就跑一樣。

沒人應聲。我再按了一次。就像以前窺望三澤書店店內一樣，望向門內那小小的庭院。這庭院跟那狹小的書店一樣零亂。雜草叢生，白色的小花四處綻放，纖細的胡頹子樹、高大的柿子樹，恣意生長。

❸破魔矢（はまや）是一種日本傳統祈福用品，同一般的箭相比，它沒有箭頭，而箭翎處則飾有鈴鐺、繪馬等有吉祥意義的物品。

門緩緩打開，我急忙拉回視線。我滿心以為是那位老太太出現，但從門口探頭的，卻是一位很年輕的女人。她以詫異的眼神望著我。

「呃，我是以前常來你們店裡買東西的客人。」我急忙自我介紹。「因為很久沒回來了，順道過來一趟，但是看店門關著，所以就……」

女子聽了之後，嘴角浮現安心的笑意，從門後走出，敞開門，招手對我說了聲「請進」。

「啊，真是不好意思，大過年的，給您添麻煩了，但因為我明天就要回去……」

「請進屋內坐吧。」

女子朝我一笑。我從沒見過那位駝著背看書的老太太笑過，不過，看了她的笑容後，我馬上明白她一定是老太太的女兒或孫女。我就像是受到那熟悉的笑臉引誘般，一腳踩進通往玄關的庭院。

她帶我來到一間小巧的客廳，我坐向沙發。不同於三澤書店，屋內相當潔淨。我望向陽光透進的窗戶，很清楚地看見塵埃緩緩飛舞的景象。女子用托盤端著紅茶，坐向我對面。

「貿然來訪，真是抱歉。」

我支支吾吾地說道。女子將紅茶擺向我面前。飄來一陣芳香的氣味。

「呃，請問老太太一切安好嗎？」

女子嘴角掛著笑意望向我，以平靜的語氣說道：「她去年春天過世了。」

我望著女子，感覺就像被賞了一巴掌。經這麼一提才想到，玄關沒擺任何新年裝飾。

「家裡的人到朋友家去了，今天剛好不在，我也閒著沒事做。」

「呃，您是老太太的……？」

「孫女。我三年前搬來這裡，在家中和父母同住。」

「那麼，那家三澤書店呢？」

「自從我奶奶倒下後，就一直店門緊閉。沒人想接店裡的生意。它原本就不是一家賺錢的店，算是奶奶的嗜好。如今車站對面開了一家大型書店，我們就算把店收了，也沒人會覺得有什麼不便。」

我感覺自己好像犯了什麼嚴重的過錯。就像某起凶案的加害人，沒到警局投案，卻跑去被害人家中自首一樣。掛鐘的秒針響亮地在我內心響起。

「其實我今天前來，是因為有事非得向老太太道歉不可。」

我低著頭，一口氣說出我的緣由。十六歲那年夏天。秋初時採取的行動。第一次因為看書而整晚沒睡。拙劣的感想。三年前第一次動筆寫的原稿。多次改寫的語詞。覺得自己惹出大事的那場頒獎典禮。夜裡向我襲來的不安。單行本。拿著它想起老太太的事。

「我真的很抱歉。」

我從錢包裡拿出書錢，擺在沙發桌上，深深一鞠躬。也不知道她是會覺得傻眼，臭罵我一頓，還是叫我滾，我就只是靜靜等候，接著傳來一陣孩子般的笑聲。我驚訝地抬起頭，發現女子笑彎了腰。她笑了好一會兒後，這才開口道：

「坦白說，不光只有你。我猜有幾個住這鎮上的孩子，也從我們店裡拿走了書。我和父母是因為奶奶的身體狀況不好，這才搬回來和她同住，但我第一次看到這家店，大為吃驚。這家書店根本就是在向人宣告，要什麼儘管自己拿吧。而且奶奶一直都在看書。我也有幾次幫忙顧店，抓到過幾次偷書賊。」女子又笑了。「不光這樣。還發現有人前來還書。明明不告而取，但看完後覺得內疚，又還回來了。真是的，我們這裡又不是圖書館。而帶著錢來拜訪的人，也不光只有你哦。奶奶在世時，就遇過幾位。他們坦白說出自己幾年前偷過什麼書。當然了，店裡的客人並非都像他們這樣，不過，確實有這樣的人存在。就像你一樣。」接著，女子突然望向我。

「不過，成為作家的人，你倒是第一個。」她像猛然想到般，補上這麼一句。

「真的很抱歉。」我再次鞠躬道歉。

「你要看看三澤書店嗎？」女子站起身，向我招手。

從玄關一路通往屋內的走廊盡頭，似乎與店面相連。女子打開塗漆剝落的木門，打開燈。

書本獨特的氣味、紙張和墨水那既像塵埃，又像零食的甘甜氣味，將我包覆，那熟悉的三澤書店就這樣顯現在我眼前。

「雖然店門緊閉，不過裡頭還是維持原樣。坦白說，因為不論是要整理，還是丟棄，都是件麻煩事。所以幾乎都當倉庫使用。」

我和女子一起走進店內。堆疊在地板上的書、隨意堆放在平台上的書、在收銀台邊疊成一道牆的書、塞滿架上的書——。與記憶中不同的只有亮光。以前總是從玻璃門照進昏黃光線，顯得昏暗的三澤書店，如今完全處在日光燈平面的亮光照耀下。

「奶奶真的很喜歡看書。儘管全家人過年聚在一起，她也仍是自己一個人在看書，就像小孩子一樣。而且閱讀的種類很雜。有推理小說，也有日本時代小說，有一次我偷瞄她看的書，結果她看的竟然是一本叫《幽浮是否真的存在》的書。當初奶奶之所以和我爺爺結婚，也是因為爺爺是書店老闆的兒子，將來要繼承家業。爺爺過世後，她只採購自己想看的書，買來的書全部看完。那明明是要賣的商品啊。」

女子輕撫著那些堆疊的書本封面，接著往下說。

「我小時候曾問過奶奶。書到底是哪裡有趣。奶奶望著我，露出像是『這什麼傻問題啊』的表情，對我說『因為只要一打開，就能帶人去任何地方的，就只有書啊』。對生在這座小鎮，沒去過東京，也沒出過國的奶奶來說，書也許就是通往世界之門。」

如果這麼說的話，對小時候的我來說，三澤書店才是通往世界之門，雖然我心裡這麼想，但沒說出口。不過，我假裝參觀書架，走過通道，迅速從褐色信封袋裡抽出我的單行本，悄悄擺在書塔的最頂端。

「我奶奶不該開書店，應該去圖書館上班才對。」

「可是這麼一來，她很快就會被炒魷魚。因為她都放著工作不管，只沉迷於看書。」我不自主地說道，女子聽了，又開心地笑了。

我再次環視盈滿書的店內。塵埃密布的書，感覺彷彿都在呼吸。就像悄悄吐納著時間，靜靜等候某人來閱讀一樣。而我混在其中的書，像極了剛來的新人，顯得很不自在。但看起來似乎又很幸福。我也剛從事作家這個與我很不搭調的工作，那不就和我很像嗎？

我向她道謝後，走出玄關。女子一路送我來到門口，她很難為情地低頭道：

「其實我很想開放這個地方。」她小小聲地說：「說這是圖書館的話，就太往自己臉上貼金了，不過我在想，要是讓鎮上的人可以自行將自己想看的書帶走，想還的時候再還，打造出這樣的一個地方，那就好了。」

「其實我剛才一直希望你們能這麼做。我很期待。」我說。

「今天真的很謝謝你。」女子低頭行了一禮。

「不，我才要謝謝妳。」

「我不是那個意思。我是謝謝你買書。」

女子笑了，似乎覺得很好笑。我隔了幾秒才明白，她指的是我剛才給的書錢。我說了聲抱歉，再次行了一禮，也跟著笑了。

我從拉下鐵捲門的三澤書店前走過。在高遠的晴空下，走過悄靜的商店街。走了數十公尺後回身而望，記憶中的三澤書店鮮明地浮現腦海。擺在店門前的週刊雜誌、漫畫、因蒙上塵埃而迷濛的玻璃窗。它同時也會是未來的光景吧。因為通往世界的一扇小門，不久的將來一定會開啟。

就算和我的身分很不搭調、一直做不出結論、對自己的文字感到絕望，但我還是繼續寫小說吧，寫出能在三澤書店的書架上佔有一個位置的小說吧。我的心情就像新年第一次寫毛筆字的孩子，暗自拿定主意。

抬頭仰望，只見一只風箏在藍天飄蕩。

尋找之物

我清楚記得那天的事。當時我還是個國二生。

從學校回家後，發現母親坐在餐桌前哭泣。我大吃一驚。因為我從沒看過母親哭泣。

婆婆已經不行了。她不行了。母親邊哭邊對呆立原地的我說道。婆婆指的是外婆。我心想外婆快死了嗎？但我沒說出口。我覺得這會讓母親更加難過落淚。外婆在幾個禮拜前住院。四人房最裡頭的床位。坐向床邊可以望向窗外寬廣的天空。

從看到母親落淚的那天起，我幾乎每天都到醫院報到。通常我都是放學時前往，但不時會蹺課跑到醫院去。外婆看起來不像是個將死之人，但母親說的應該沒錯，即使在非會客時間待在病房裡，護理師也沒責怪。

我下午很早就到醫院去，母親和阿姨們都還沒來，外婆獨自躺在床上。她有時看電視，有時與隔壁床的人聊天。看我到來，她一臉無趣地說「哦，妳來啦」，然後接連吩咐我去辦事。

去幫我買紙盒包的葡萄汁。去幫我買有很多八卦的週刊雜誌。這個幫我放進住院患者用的洗衣箱裡。去幫我買三張明信片來。

辦完事後，我坐向擺在床邊的鐵管椅，和外婆一起看電視，或是看寫滿八卦報導的雜誌，等外婆入睡後，我就在那裡寫功課，或是望向窗外遼闊的天空。

某天，外婆對我這樣說道。

「羊子，我想請妳幫我找一本書。」

「好啊，什麼書？我去買。」

「下面的零售店沒賣。得跑一趟大型書店才行。」

「我知道了。明天放學後我去看看。是什麼書？」

外婆靜靜注視著我，接著她從床邊的桌子抽屜裡取出紙和筆，掛上眼鏡，寫了幾個字。我望向她遞給我的便條紙，上面以潦草的字跡寫著我沒聽過的名字以及書名。

「咦，這本書沒聽過耶。」我說。

「妳什麼都不知道，妳聽過的書應該不多吧。」

外婆這樣說道。她這個人說話就是這樣。

「是哪家出版社的書？」

「不知道。妳跟店裡的人說就會知道。」

「我知道了。我會去找找看。」

我將便條紙放進裙子口袋後，外婆朝我招手。我趨身靠向病床，把耳朵湊過去。

「這件事不能跟任何人說哦。包括妳媽還有妳那些阿姨們。妳要自己一個人去找。」

外婆的呼氣有股奇怪的氣味。如果問說是好聞還是難聞，應該算是後者吧，但算是一種沒聞過的氣味。聞了那個氣味後，不知為何，就這樣想起了落淚的媽媽。

我按照外婆的吩咐，隔天帶著便條紙前往大型書店。當時還沒有電腦這種東西，店員翻閱一本厚實的書，替我查找。

「這書名正確嗎？」店員一臉傷腦筋地向我問道。

「應該沒錯。」

「作者是什麼名字？找不到符合這書名的作品呢。」

「哦。」

我和店員互望了一會兒。再這樣互望下去也沒用，於是我向店員行了一禮，離開這家大型書店。

「外婆，沒有耶。」

我直接前往醫院告訴外婆，外婆明顯露出沮喪之色。

她那沮喪之色，連我看了都跟著情緒低落。

「店員說，可能是書名或作者的名字寫錯了。」

「不會有錯。」外婆很不客氣地說道：「我不可能會搞錯。」

「如果是這樣，那就找不到了。」

外婆注視著我的胸口一帶，像在鬧脾氣般地說道：

「是妳找東西的態度太隨便了。妳一定是只去一家詢問，店員說沒有，妳就垂頭喪氣地回來了對吧？想必店員跟妳一樣是年輕女孩。如果是更有智慧的店員，應該四處詢問，有耐心地幫客人查詢才對。」

外婆臉轉向一旁，就這樣睡著了，還打呼呢。

我拿著那張便條紙，坐在鐵管椅上望向天空。時序已即將邁入冬季。將視線從天空往下移，可以望見公車路線，以及為公車路線鑲邊的行道樹。樹葉已全都飄落，透著寒意的樹枝朝四面八方延伸。

我視線移向鬧脾氣後入睡的外婆。現在的她，身形比我熟知的外婆小上許多。儘管如此，怎麼看都不像是將死之人。此外，雖然心想外婆就快死了，但說來真不可思議，我竟然一點都不覺得可怕。一定是因為我還不懂死是怎麼一回事吧。現在眼前的某人，將永遠消失，這到底是怎樣的情況呢？

從那天起，每次去醫院前，我都會逛各家書店。我去了鬧區、隔壁的市鎮，甚至轉乘電車前往都心。有各種書店。有零亂的書店、歷史小說居多的書店、店員親切的書店、完全沒客人的書店。但每家書店都沒有外婆要找的書。

每次我空手來到醫院，外婆一定會一臉失望。這漸漸讓我覺得自己好像故意在整她似的。

「妳要是找不到那本書，我就算死也不會瞑目。」

某天外婆還說出這樣的話來。

「別說什麼死不死的嘛，太不吉利了。」

說著說著，我猛然一驚。如果我一直找不到這本書的話，外婆不就真的可以活久一點嗎？這是否意味著，別找到書還比較好呢？

「要是在妳找到之前，我先死的話，我會化成鬼來找妳。」

外婆似乎看出了我的心思，一臉嚴肅。

「可是真的找不到嘛。我甚至還跑到新宿去找。那到底是什麼年代的書啊？」

找到書，和一直都找不到書，到底哪個才好呢？

我思索著這個問題，噘起了嘴。

「最近的書店真的很令人傷腦筋。只要書稍微舊一點，不管是不是好書，都會馬上撤架。」

當外婆說到這裡時，媽媽剛好走進病房。外婆馬上噤聲不語。媽媽手裡捧著一盆聖誕紅。她將花盆擺在電視上當裝飾，朝外婆一笑。媽媽從那天起便沒再哭了。

「耶誕節就快到了，所以我想，至少感受一下氣氛。」媽媽望著外婆如此說道。

「探病不能帶花盆，妳不知道嗎？病人會像植物在花盆裡扎根一樣，長期臥床，所以很不吉利。真是的，都這把年紀了，卻什麼都不知道。」

媽媽低下頭，瞄了我一眼。

「有什麼關係嘛，這樣比較有耶誕節的氣氛。等耶誕節結束後，我就會帶回去。」

我替媽媽說話。外婆的毒舌我早習慣了，但媽媽明明當她的女兒那麼久了，不知為何，就是無法習慣。

果不其然，那天回家時，媽媽在計程車內哭了。我看了又是一驚。

「她從以前就是這樣。總是挑剔我做的每件事。我覺得好而投入做的事，她總是有意見。不管我做了什麼，她都從來不會向我道謝。」

在計程車內哭泣的媽媽，就像我班上的女生一樣。聽著媽媽的哭聲，我感覺自己的內心就像變成海綿，吸滿濁水。

唉～我暗自嘆了口氣。接下來到底會變怎樣？找得到那本書嗎？外婆會死嗎？媽媽和外婆會和好嗎？我不知道。因為我才十四歲。

還等不到耶誕節到來，外婆就被送往單人病房。打點滴的次數增加，還被戴上氧氣罩。儘管如此，我還是不相信外婆會就這麼死了。在病房裡面露微笑的媽媽，每天回家後就是哭。她哭著說「外婆會被送往單人病房，都是因為我帶花盆去的關係」。

那年的耶誕節特別冷。我從夏天就一直很期待母親做的烤雞，結果烤焦了，不能吃，就連蛋糕也因為搞錯砂糖的分量，吃起來一點都不甜。大家似乎都忘了耶誕禮物的事，我沒收到半樣禮物。

而我也沒找到那本書。

我原本心想，要是能找到書當作耶誕禮物就好了，而跑到更遠的地方去逛各家書店，結果當中有位年邁的書店老闆告訴我，這本書大概是絕版了。是一位活躍於昭和初期的畫家所寫的一本隨筆。於是我跑到之前不曾涉足的舊書店裡找書，但還是一無所獲。

烤雞烤焦的隔天，已開始放寒假的我，一早便前往醫院。我沒找到那本書，但我改帶了黑熊布偶去。

「外婆，抱歉，我現在開始找舊書店。先送妳這個當替代品。」

外婆以她變得枯瘦的手臂解開禮物的包裝，接著單手取下氧氣罩，毫不客氣地說道：

「妳真是個長不大的孩子。我要這個布偶有什麼用。」

這聽了實在令人惱火，剛好這裡是單人房，我就這樣大吼起來。

「外婆，妳太任性了。妳難道就不能說句謝謝嗎？我已經每天走遍各家書店啊。就連原本不太敢走進的舊書店，我也提起勇氣進去找了。舊書店裡看不到像我這樣的年輕女孩，但我還是進去了，拿著便條紙給態度冷淡的老闆看，很努力地找書。還有，我媽送妳耶誕紅，妳要跟她說聲謝謝。」

外婆望著我直眨眼，接著突然笑了起來。雖然笑聲比我印象中的還柔弱好幾倍，但她似乎覺得很好笑，笑得開懷。

「妳這孩子，該有話直說的時候，真的敢說呢。感覺大家都太溫柔了，整個都亂了套。美穗子以前只要我說她幾句，馬上就會橫眉豎目地回嘴，但現在都唯唯諾諾。」

美穗子是我媽。外婆將拆下的氧氣罩拉向下巴，望著窗外，輕聲說：

「我已經沒多少時日好活了。這樣其實也沒什麼不好。我都活了這麼大把歲數，也夠了。但我看不慣的是，美穗子、菜穗子、沙知穗，她們都像變了個人似地，對我無比溫柔。既然針鋒相對，就要堅持到最後一天仍針鋒相對，既然有不能原諒的地方，就要到最後仍舊不肯原諒，這樣才是人與人之間的關係啊。不管對方是不是快死了，有什麼不滿，就應該直接說出來。」

外婆說完後，將氧氣罩戴回嘴巴上。她讓黑熊布偶躺在她身邊，就這樣合上眼。和熊一起躺著睡的外婆，看起來就像個小孩子。

隔年，外婆就此與世長辭。像睡著一樣安詳地死去。從耶誕節開始一直都躺在她身旁的那隻布偶，一同放進了外婆的棺木中。和外婆一起化為煙塵，冉冉升向空中。

我最後終究還是沒能找到那本書。

在守靈的晚上，以及告別式當天，我都沒哭。就連外婆真的死了，我還是不相信她已死的事實。我知道有位親戚看我沒哭，說了些話。大概是說，這孩子每天都到醫院探望，卻連一滴淚也沒流，真是個堅強的孩子。

我才不堅強呢。我只是不相信外婆死了而已。因為我還沒找到那本書。外婆說過，要是我沒找到那本書，她就算死也不會瞑目。

於是，之後我仍繼續找尋那本書。學校放學後，我搭電車朝陌生的市鎮而去，在沒下過車的車站下車，找尋書店或舊書店。拜此之賜，我的朋友少了許多。因為我沒參加社團，放學後沒和同學一起閒聊。但我不能停止找尋。

我一直沒找到書，就這樣升上國三。

那是某個春天的夜晚。從我房間的窗戶，微微可以望見種在大馬路上的櫻花。在路燈的照耀下，雪白的花瓣一動也不動。當我準備考試，書看膩了，不經意地望向夜晚的櫻花時，突然有人拍我肩膀。我嚇了一跳，轉頭望，看到外婆站在我面前，我嚇了更大一跳。甚至發出「呀」的一聲驚呼。

「鬼叫什麼啊，真是的。書找得怎樣了？」

外婆仍是以她慣用的口吻說道。身上穿的不是她躺在棺材裡穿的白衣，而是我小時候她常穿的深綠色和服。我太過驚訝，半晌說不出話來，外婆望著我，揚起嘴角笑道：

「我不是說過嗎，如果妳沒找到的話，我會化成鬼來找妳。找到了嗎？」

我搖頭。外婆嘆了口氣，坐向我床邊。一個坐在床邊的鬼魂。

「外婆，為什麼妳這麼認真找那本書？」

我問。

「為什麼？就只是想看啊。如此而已。」

「外婆，既然妳變成了鬼魂，不是可以四處跑嗎？妳怎麼不自己去找呢？」

能正常展開對話後，內心的驚訝和恐懼都漸漸消失。之所以會害怕鬼魂，一定是因為對方是不認識的人。如果是認識的人，不論是鬼魂還是妖怪，似乎都沒什麼好怕的。

「我說妳啊，為什麼我都變成鬼魂了，還得跑到書店去查看店裡的書架呢？這種麻煩事，要由活在世上的人來做才對。」

「這也不無道理啦……」

外婆坐在床邊，靜靜望向窗外。我順著她的視線望去，看到路燈照耀下的櫻花。

「櫻花真美。」她深有所感地說道。

「外婆，死很可怕嗎？」

我拿定主意，開口詢問。外婆望著我，抬頭挺胸說道：

「哪有什麼可怕的。死一點都不可怕。想像死亡才是可怕。不管什麼時候都一樣，腦中想的比真正發生的事件還要可怕數倍。」

「那麼……」

我還想繼續發問時，外婆倏然起身。

「要是跟妳扯太多，我會挨罵的。一旦被盯上，就不能到妳這兒來了。書的事就拜託妳了。我會再來看妳的。」

留下這句話後，外婆打開窗戶，搖搖晃晃地跨過窗框。我正感到驚訝時，外婆已消失蹤影。外婆消失的窗外，只有白色的櫻花和藏青色的夜空。

外婆的突然來訪，一直持續到我高三那年。高中三年間，真的發生了許多事。

我喜歡上班上某個男同學。

向他告白。

開始交往。

有了初吻。

一個月後，我被甩了。

和龜山寬子結為朋友（龜山寬子不時會幫忙我找書）。

成了考生。

得決定未來的出路。

接著發生我人生中最重大的事件——我爸媽離婚。

高三那年暑假，我和媽媽搬進住家附近的一棟大樓，爸爸則是搬往東京都內。

這三年來，發生太多太多事，我一直在心裡反覆想著外婆說過的話。不管什麼時候都一樣，腦中想的比真正發生的事件還要可怕。我覺得真的是這樣。想著自己可能會被甩，比真的被甩還要可怕，比起真的開始和媽媽同住，當初想著要是爸媽離婚會怎樣，反而更可怕。事情一旦發生，就只是一般的事情。

夏天過去，充滿應考氣氛的第二學期展開，當季節緩緩由夏轉秋時，我為了趕上自己每天的步調，卯足全力，幾乎已忘了那本書的事。也已不再為了找書，而前往陌生的市鎮。與龜山寬子的談話內容全是考試的事。

深夜時分，在自己安靜無聲的房間裡，我為了應考而努力K書，這時我發現，最近外婆都沒出現。外婆最後一次出現在房裡，是什麼時候的事呢？是爸爸搬走之前嗎？還是我開始和媽媽同住之後呢？我連這個都想不起來。

我心想，也許外婆的鬼魂是我找不到書的罪惡感所呈現出的幻想。或者是我在不知不覺間變成熟了，現在只能看到肉眼瞧得見的事物。

新的一年再度到來，那年冬末，我考上自己心目中的大學。外婆一樣沒現身，我也沒再找那本書，媽媽和我都已開始習慣只有我們兩人的生活。外婆慢慢在我們的記憶中沉澱。

在我大三那年，為了找尋研討會的教材而走進大學附近的一家書店，這時覺得好像有人很小聲地叫喚我的名字。我停下腳步，轉頭望。只看到書店裡有幾名學生在書架上挑書，但沒有我認識的人。我心想可能是自己想多了，正準備移回視線時，一本平放的書，封面映入我眼中。

上頭所印的書名和作者名，正是我過去持續找尋的那本書，我隔了好幾秒才意識到這件事。

「啊！」

外婆寫在便條紙上的字與書名，在我腦中重疊時，我忍不住叫出來。我拿起那本書。朝封面仔細打量。

書腰上寫著「夢幻的隨筆，終於再版」。我打開版權頁，得知原本的初版是一九五〇年發行。似乎是今年才又再版。

「就是它。」

我把書捧在胸前，抬起臉，環視店內。我心想，難道是外婆再度現身？拖到現在才找到。因為妳實在太會拖了。彷彿聽見外婆的毒舌。

但鬼魂沒出現在午後陽光照進的書店裡。也感覺不到她會現身的氣息。一名一臉認真的學生捧了許多書走向收銀台，一對情侶手牽手往新書專區窺望，一名打扮特異的女大學生望著藝術類的書架。玻璃窗外，一如平時的日常生活，在陽光的照耀下進行著。

大學畢業後，我在東京的一家小書店裡任職。社會上仍留有先前景氣好的氣氛，人力供不應求。我許多同學都進大型廣告公司或出版社任職。只有我到這種沒名氣的小書店任職，起薪跟兼職人員差不了多少。儘管如此，我還是決定要在書店工作。而且是規模不大，顧客的聲音可以傳進店員耳中的書店。

我就快三十歲了。我任職的書店多次度過經營危機，持續經營。雖然薪水一樣只比兼職人員多一些，但我升任顧客服務部門主任（名片上印有圖書顧問，是店長苦思後想出的頭銜）。幫忙到店裡找書的客人找尋他們要的書，或是幫忙訂購、查書、找出相關書籍，這就是我主要的工作。

清楚記得書名、作者名、出版社等資訊，而到書店來買書的人，其實出奇地少。「我想買一本致詞全集，上面盡可能要多一點結婚典禮的致詞範例」，客人能提出這樣的要求還算不錯了，甚至有人會說「我要買一本故事裡有狗，結局是大家相擁哭泣的小說」，或是「我在找一本以前讀過的書，內容是將雨和雪縫進一件連身洋裝裡的繪本」，且不時還會有人提出「我有個女兒，十二歲那年離開我身邊，現在是二十歲的年輕女孩，我想送她一本書，希望你們幫我挑選」這樣的要求。每次我都會運用電腦和人脈，找出他們要尋找的書。

說到電腦，沒錯，現在已經有這種東西了。只要輸入書名和作者名字，就會知道這本書是否已經絕版。現在甚至能用電腦買書，雖然站在書店的立場，對這樣的結果並不樂見。我不時會在心裡想，外婆，要是妳能再多活幾年，或許就能將妳之前那麼努力找尋的書送到妳面前了。

現在我隱約知道外婆為什麼要找那本書了。我大學時買下那本再版書，每天晚上都看。這位畫家當初在日本沒半點名氣，四十歲那年他遠渡法國，終於闖出名號，但之後過不了十年便撒手人寰，那是記錄他平日的生活，一本像雜記般的書。有他在日本以及法國的生活點滴。小時候目睹的光景、很年輕就過世的母親身影、在法國吃的第一餐。

當中有一則短篇隨筆，篇名叫「定食店的少女」。似乎是發生在太平洋戰爭爆發前的事。在作者租屋處的隔壁，有一家不起眼的定食店，店裡的餐點出奇地難吃。雖然難吃，但有一位不到十八歲的少女不時會到店裡來幫忙。作者因為想看這位少女，固定光顧這家難吃的定食店。

粉紅色的臉頰、總是顯得水亮的淡褐色眼珠、就像很有意見似地，總是高高噘起的嘴唇、因為髮量少，看起來像鐵絲一樣細的髮辮、生意清閒時，她小小聲隨意哼唱的歌曲、和沒半點架子的定食店老闆夫婦間的交談。

在閱讀畫家的文章時，我眼前浮現清晰的畫面。在不知不覺間散發年輕光采的少女、年輕展現出的奇妙之美和安心感。沒半點矯飾的定食店一家人特有的溫度。昏暗、寧靜的店內，雖然顯得柔和，但堅持不接受今後將發生的一切悲慘和黯淡。那是彷彿不會有損傷，會永遠存在於此處的瞬間光景。就像一幅會讓人看了之後視線就這樣釘住不動的圖畫般，浮現我心頭。

接著我心想，這位定食店的少女，肯定就是外婆。我曾聽說外婆的父親在戰爭中喪命之前，好像都經營一家定食店。戰後外婆嫁給警察，外婆的母親這才收起定食店，在家中教人裁縫。

外婆有沒有讀過這本一九五〇年出版的隨筆，我不知道。也許是在讀過後，發現書中寫的人就是她，也可能是從某人那裡聽聞此事。不管怎樣，躺在醫院病床上的外婆，肯定是想看看自己像圖畫一樣被截取下來的年輕歲月。畫家以鉛字截取，永遠存在於書中的那個十幾歲的自己，以及她的家人和老家。

在大學旁的那家書店，那本書我一次買了三本。一本供在老家的佛龕上，一本放書架上，一本放書桌上，以便隨便翻閱。外婆的鬼魂還是一樣沒再現身，但她一定會誇我這事辦得漂亮。如果有天國的話，她會在天國，如果沒有的話，她一定是坐在我那張可以望見櫻花的床鋪邊，反覆翻閱那本她苦候多時的書。

媽媽五年前再婚了。爸爸沒跟我們聯絡，不過，我猜他大概也再婚，過著幸福的日子。我談過幾次戀愛，有時順利，有時坎坷。龜山寬子三年前結婚了，現在是一個孩子的媽。不時會帶著孩子離家出走，到我住的公寓投靠。

還是一樣有許多事發生。有悲有喜。也有難受到令人覺得再也撐不下去的事。像這種時候，我一定都會想起外婆說過的話。腦中想的比真正發生的事件還要可怕。所以我決定盡可能不去想。先一一解決眼前的事再說。這麼一來，發生的事件就會不知不覺間結束離去，沉澱在記憶深處。

現在我住在東京的一棟公寓裡，早上八點半出門。三十分鐘抵達公司。書店開始營業的時間是十點。我在窄小的更衣室換上制服，在胸前別上「圖書顧問」這個令人難為情的名牌，坐向諮詢櫃檯（這裡也會擺出「圖書顧問」的立牌），查看預約狀況和訂購狀況。根據詢問名單依序撥打電話。我忙著處理這些事，轉眼便來到早上十點。鐵捲門自動開啟，顧客稀稀落落地走進店內。

我看到一名穿著水手服的女孩，踩著惴惴不安的步履在書架間來回走動。那女孩朝手中的紙張和書架來回張望。我起身離席，緩緩走向女孩。

「您在找什麼東西嗎？我和您一起找吧。」

女孩鬆了口氣，望向我。戰戰兢兢地遞出那張紙。上頭寫著沒聽過的書名和作者名。沒寫出版社。

「沒關係，一定會找到的。我先查查看，請您稍候一下。」

我如此說道，拿著那張紙走向櫃檯。一定能找到，一定能把書送到那女孩面前，妳會暗中幫我忙對吧。坐向櫃檯的椅子時，我總是會悄悄對外婆這樣說。

第一次的情人節

要送人書真的很難。尤其是送書給自己喜歡的人。

但中原千繪子無論如何都想送書給某人。對象是田宮滋，兩個月前才剛和她交往的男生。田宮滋是小她一屆的大學學弟，不過中原千繪子當初重考一年，所以田宮滋其實小她兩歲。

對中原千繪子而言，這是她二十三年來的人生中第一次結交的男朋友。

所以今年的情人節，她顯得幹勁十足。因為送禮不會被退回。也不會出現對方雖然收下，卻又支支吾吾地說「呃，這個……」的情況。可以大大方方地送對方巧克力，這對中原千繪子來說也是第一次。

中原千繪子心想，如果只是送巧克力的話，未免也太無趣了。想再送個什麼。送那本書最合適。

一位沒什麼名氣的作家，而且是沒什麼人知道的出道作。在書店很少看到，不過它尚未絕版。只要訂購應該就會送來。

中原千繪子在國三那年讀過那本書。讀完後的第一個感想就是「神啊，謝謝您。謝謝您讓這本書存在於這個世界上」。中原千繪子認為，世界會因為有沒有這本書的存在，而有很大的差異。即使是二十三歲的此刻，自己仍會因為有沒有邂逅這本書，而有很大的不同。

所以中原千繪子才想以這本書送給自己的第一位男友。去巧克力店挑選之前，中原千繪子先去了一趟書店。在購書的櫃檯告知書名後，店員告訴她，大概一週的時間會送達。

她懷著雀躍的心情離開書店，接著突然有些不安。送書不會讓對方感到有壓迫感吧？感覺就像叫對方「要好好看」。對方不會當她是在強迫推銷自己的世界觀吧。而且，要是田宮滋看了之後沒任何感想，那該怎麼辦？

當她腦中想著各種問題時，她漸漸覺得送書不是個好主意。算了。中原千繪子在心中暗自低語，仰望天空。像毛玻璃般的天色。來來往往展開交談的人們，口中呼出的雪白氣息。中原千繪子手插進大衣口袋，開始邁步前行。

算了，不管它。離情人節還有兩週的時間。要是不想送書，留在自己身邊就好了。中原千繪子踩著輕盈的步履走向車站。

百貨公司的地下樓層有巧克力賣場。知名店家紛紛都擺出他們的巧克力展示櫃。現場就像擠滿人的電車一樣擁擠。中原千繪子後悔自己沒早點先來買巧克力，她深吸一口氣，就這樣投身擁擠的人潮中。

生巧克力、松露巧克力、威士忌夾心巧克力……中原千繪子極力從人群的縫隙中探出頭，找尋看起來可口，包裝又精美的巧克力。她的腳被踩了好幾下，還被人潮推了回去，但她還是勇敢地把臉湊近展示櫃。

就選這個吧——她好不容易做好決定，朝忙個不停的店員出聲喚道：「不好意思。」但店員沒注意到她。「不好意思！」她拉高音量叫喚。但霸佔前方空間的大嬸發出「不提供試吃嗎？」的怒吼，將她的聲音掩蓋。

不好意思、請問、巧克力……中原千繪子不斷叫喚，猛然回神，發現自己已被這群女性給擠出圈子外，獨自站在通道上。

她試著走近其他店家的展示櫃，但同樣的情況重複上演。她漸漸感到光火。誰要買什麼鬼巧克力啊，真是蠢斃了——中原千繪子在心裡咒罵。話說回來，為什麼情人節就得送巧克力？這根本就是巧克力公司刻意營造出的風潮吧。

中原千繪子重重踩踏地面，離開擁擠的人群。她來到與巧克力賣場相比，空蕩得驚人的醬菜賣場，轉頭往後望。那群跑來買巧克力的女性在她身後的遠處。大家一副勢在必得的模樣，但看起來似乎很快樂。這就是幸福——她差點就這麼想了。中原千繪子急忙轉身背對巧克力賣場。她感覺自己就像是被彈出幸福的圈子外，於是她快步橫越地下樓層的食品賣場，遠離巧克力賣場。

來到二月十四日當天。最後，中原千繪子還是沒能準備好巧克力。

要她在便利商店買巧克力，實在很排斥，自己親手做，感覺又是件苦差事，百般不願，偏偏中原千繪子想買的巧克力，每一家販售的店家都擁擠得快要出人命了。

她只能送男友書。當初訂書時苦惱的許多問題，她暫時先蓋上蓋子，不去多想，將那本書漂亮地包裝一番。第一次情人節不是送巧克力，而是送自己最喜歡的書，這不是挺棒的嗎。她前往雙方約見面的地點，如此說服自己。當她走到車站，以月票穿過驗票口，坐上駛來的電車時，中原千繪子漸漸覺得，能送喜歡的書給自己喜歡的人，這是最美好的事了。

他們約見面的地點，是新宿的一家咖啡店。咖啡店裡都是情侶。田宮滋還沒來，裡頭已沒有空位。不得已，中原千繪子只好坐向店門前的椅子上，等候空位。

田宮滋趕在有空位前出現了。他頭戴針織帽，身穿膨鬆的羽絨衣，朝這裡走來，沒注意到中原千繪子。中原千繪子一看到他，心頭小鹿亂撞。心想，多帥的男生啊。為什麼像他這麼帥的男生，會說他喜歡我呢？他看過這本書後，不知道會怎麼說。哪個部分會令他感動呢？中原千繪子用力握緊自己的包包，裡頭裝了那本包裝好的書。

得知現在沒空位後，田宮滋提議道，那就待會再喝咖啡吧。兩人就這樣離開咖啡店，漫步在離車站不遠的時尚購物中心。田宮滋態度很自然地走進賣男性服飾的店家，或是走進CD唱片行反覆試聽。中原千繪子則是以充滿尊敬的眼神偷瞄這樣的田宮滋。

中原千繪子無法像他這麼自然地走進賣女裝的店面，或是試聽CD。如果只有自己一個人倒還好，與田宮滋同行，她實在做不到。中原千繪子不希望自己在挑衣服時，讓他在一旁空等，也不想讓他覺得自己聽音樂的品味很怪，更不想因為耳機戴錯，而讓他覺得自己是個遜咖。當然了，中原千繪子最討厭的，是自我意識過剩的自己。

抱歉，我都只顧著看自己的東西——田宮滋說。中原千繪子因而急忙走進一家飾品店。她整個人幾乎都快貼在展示櫃上了，望著她根本就不想看的飾品，試著說出「那個好可愛呢」這樣的話語。店員聽了，從展示櫃裡取出中原千繪子所指的那個戒指，問她要不要試戴看看。「嗯，好啊。妳試戴看看。」一旁的田宮滋說。中原千繪子試著將戒指套向手指。戒指上附的價格標籤，中原千繪子和田宮滋看了之後，說不出話來。上頭寫著十八萬七千日圓。

接著店員像在強迫推銷般，大聲問道：「是要送禮嗎？」

「那我就送妳？」田宮滋以為難的神情向中原千繪子詢問。「不用啦，而且我戴起來不好看。」中原千繪子急忙這樣說道，但店員則是滔滔不絕地向田宮滋說：「不不不，小姐戴起來很好看，對不對？很漂亮對吧？為了突顯鑽石的美，它採用簡潔的設計，而且以這樣的價格就能買到鑽石，可說是絕無僅有。」

本以為是玻璃珠，沒想到竟然是鑽石，中原千繪子頓時慌了起來。她產生一種錯覺，彷彿是死皮賴臉吵著要買似地，她緩緩從手指上拔出戒指。店員伸手制止，再度將戒指套回她手指上。店員又繼續對田宮滋說：「這段時間購買的話，會提供在背面刻上名字的服務哦。這位小姐的手指很修長，戴起來特別好看，對吧？」這種推銷術就像在讓人試膽一樣，快停，別再說了——中原千繪子在心裡吶喊。

這種異常的局面，該怎麼收拾才好呢？正當中原千繪子苦思時，田宮滋突然開口道：「那就這個吧。」中原千繪子大吃一驚，抬頭望向他。田宮滋露出柔弱的笑臉，俯視著中原千繪子，低語「送妳當禮物」，接著移開目光。中原千繪子就像在做噩夢般，望著田宮滋從錢包裡取出信用卡。

兩人垂頭喪氣地走出時尚購物中心。中原千繪子此時只想回家。她有個強烈的念頭，那就是趕快自己一個人回家，在她那小小的公寓裡，好好泡一杯熱可可，獨自看自己喜歡的書。這是為什麼？明明和這世上她最喜歡的男人在一起，但為什麼會有這種想法呢？中原千繪子以很想放聲大哭的心情思索這個問題。

「我們去吃飯吧。」田宮滋有氣無力地說道，雖然還不到六點，但兩人走進一家已經開門營業的居酒屋。那是位於地下樓層的店家，燈光昏暗。兩人找了張桌位迎面而坐，打開菜單，向很有活力的店員點了幾道菜。

店員離去後，田宮滋將剛買來的那個小袋子放在桌上。難為情地笑著。

「送妳的禮物。」

中原千繪子急忙說道：「對不起，我沒那個意思。它太貴了。」

沒關係啦，該怎麼說呢，算是紀念吧，妳戴起來真的很好看。田宮滋低著頭。

啤酒送來了，中原千繪子迅速將戒指的包裝袋藏進桌下。兩人拿起啤酒杯乾杯，大口暢飲。一點都不好喝——中原千繪子暗自心想。我想喝的是加了滿滿牛奶的熱可可，但為什麼要喝這種又冰又苦的東西呢？

菜餚送來了。有烤雞肉串拼盤、嫩豆腐、白蘿蔔和鮭魚沙拉。望著店員將菜餚端上桌的雙手，中原千繪子想起自己的禮物。

明明收了將近二十萬日圓的大禮，自己卻連巧克力都沒帶。只帶了一本價值不到二千日圓的書。兩者價格的落差懸殊令她感到可悲。但她才剛出現這個念頭，便馬上改變想法。這種比較價格的想法，感覺有點低俗。禮物重的是心意。中原千繪子再次緊緊握住自己手中的包包，心想，這是很棒的一本書，不是價格所能衡量。一點都不需要感到羞恥。她心裡這麼想，以此鼓舞自己，同時又興起想回家的念頭。

一過六點，店內客人突然多了起來。走進店內的全是情侶。中原千繪子手伸進包包裡，輕撫著一直沒送出的禮物包裝。隔壁桌的情侶，在端起啤酒杯互碰乾杯後，女方向男方遞出一個方形的禮物。一看就知道是巧克力。「咦~真的假的！超開心的！」男方大聲叫道。

她偷瞄田宮滋一眼，發現他毫不顧忌地盯著隔壁桌瞧。可能是自己想多了，但感覺他似乎有點羨慕。

遠處的桌位響起一陣歡呼。轉頭一看，有一群人玩得正嗨。男女的人數一樣，似乎是由男方抽籤，抽中附編號的巧克力。擔任主持人的女生每次唸出編號，眾人就會放聲尖叫，無比喧鬧。田宮滋轉頭盯著他們瞧。

中原千繪子就這樣，一直無法拿出藏在包包裡的那本書。

最後，中原千繪子是在走出居酒屋，兩人一同前往賓館，才將那本書送給田宮滋。這次來賓館算是第四次。當然了，每次都是田宮滋帶她來。小她兩歲的田宮滋住家裡，而中原千繪子住的公寓，禁止男性進入。儘管來了賓館四次，還是無法喜歡這種地方。這裡不乾淨，又不正經，感覺這地方與她和田宮滋之間的關係有很大的落差。兩人只能在這種地方獨處，中原千繪子覺得很諷刺。

最後是在這種地方送出情人節禮物，中原千繪子很失望。但她非送出不可。她就像是在行完魚水之歡後這才想起般，從包包裡取出這本書。

這個送你。她戰戰兢兢地遞給田宮滋。今天是情人節，送你當禮物。

咦，今天是情人節啊，原來是這樣。剛才明明看了那麼多送巧克力的場面，但田宮滋卻狀甚驚訝地這樣說道，並問說他可以直接打開嗎？中原千繪子點頭。

田宮滋的手指流暢地解開緞帶，很仔細地取下包裝紙。他看到包裝紙底下的東西後，露出「這什麼東西啊」的表情，中原千繪子全瞧在眼裡。她馬上像在解釋般地說道。

這本書非常棒。是改變我人生的一本書。情人節送巧克力，感覺太無趣了。所以我才決定送書。它真的很棒，是很出色的一本書。

中原千繪子雖然嘴巴上這麼說，但心裡知道她失策了。真應該準備巧克力的。應該不免俗地和大家做一樣的事才對。應該和居酒屋裡的女孩一樣遞出巧克力，讓田宮滋發出「咦~真的假的」這樣的驚呼才對。

謝謝，我很期待看這本書。——田宮滋說。中原千繪子回以尷尬的一笑。就在賓館那鋪著格子圖案床單的床鋪上。

中原千繪子下個月就要結婚了。這個週末便要遷往新居。然而，她未來的丈夫卻連搬家的準備都沒好好處理。所以中原千繪子最近每晚都會到他住的大樓，像在催促一直拖拖拉拉的他展開行動般，著手進行裝箱作業。

中原千繪子今年三十歲。二十三歲那年大學畢業，在一家小型的廣告公司上班。她的初戀情人，撐不到那年夏天就分了。因為自從開始上班工作後，與還是大學生的男友，不論是雙方的時間還是聊天的話題都搭不上。之後中原千繪子又談了三次戀愛。這次成為她結婚對象的藤咲健二，算是她的第五任男友。

如今中原千繪子幾乎已想不起自己的第一任男友。就算努力想要憶起，也想不起名字，或是清楚的長相。同樣的，第二任男友、第三任男友，也想不起來。中原千繪子心想，這樣也好。

藤咲健二取出櫥櫃上方裡頭的東西，但接著卻熱中地看起了裡頭的相簿，中原千繪子尖聲對他說：「你再不快點整理，會收不完的！」手伸向書架。藤咲健二的書架上擺滿了漫畫、畫冊、雜誌。中原千繪子曾經問他這些舊雜誌扔了如何，但他卻很堅持地說「我死也不扔」，兩人大吵一架。最後雙方說好一本也不扔，現在中原千繪子很煩躁地將這些雜誌一本一本裝進紙箱裡。

藤咲健二合上相簿，緩緩站起身，開始將櫥櫃上方裡的東西裝進紙箱裡，中原千繪子以視野餘光確認他展開行動後，也把手伸向書架的下一層。接著停下手中的動作。

哎呀，是它。她抽出一本書，試著翻了幾頁。到處都有紅筆劃線的痕跡。翻著翻著，就像氣泡從可樂罐中冒出般，各種光景流入中原千繪子心中。許多遺忘的事，現在一次全部湧來，壓得她喘不過氣來。

曾經喜歡上某人，認為他是世上最棒的男生。一看到他就覺得他好帥，心頭小鹿亂撞。挑選書。選完後感到後悔。巧克力賣場裡的混亂場景。賓館那怎樣都無法接受的霉味。明明想和他在一起，卻又總是想回家，那宛如毛球般糾結的心情。

擺在藤咲健二書架上的，是二十三歲的中原千繪子幾經猶豫後，在情人節那天送交給男友的那本書。

怎麼會有這本書？她問藤咲健二。中原千繪子佯裝若無其事，但她的聲音在顫抖。回憶過於鮮明地湧現心頭，她都快哭了。

哦，那個啊。藤咲健二跨過散亂的紙箱走過來，從中原千繪子手中拿起那本書。他翻了幾頁後說：「是我高中時，一位女生送我的。」好像是在我生日那天，突然就收到這本書吧。

你和那女生交往過嗎？中原千繪子問。

嗯，算是吧。不過，不到一年就分了。藤咲健二站著翻動頁面，如此說道。

為什麼會分？

不知道。可能是因為沒事好做吧。

沒事好做？

嗯。我老家是在鄉下，交往了但沒什麼事好做。就只能去鎮上唯一一家超市，或是電子遊樂場逛，就算接了吻，也不知道接下來該做什麼才好，所以感覺兩人的關係有點曖昧不明。

你看過那本書吧？

嗯，剛收到書的時候沒看，但分手後看過。可能是存有一分眷戀吧。藤咲健二如此說道，莞爾一笑。

看過之後覺得怎樣？中原千繪子自己的提問，伴隨著無比真切的聲音，傳進她耳中。

覺得怎樣？應該是還滿有趣的吧。我還在上面劃線呢。

對送你書的女孩心存感謝嗎？

嗯，算有吧，因為那是我第一個交往的對象。啊，妳可別嫉妒哦。藤咲健二像在掩飾自己的難為情般，朗聲大笑。

其實我也送過第一個交往的男生這本書——中原千繪子本想這麼說，但最後她什麼也沒說，就只是跟著他一起笑。她自己以及她未來丈夫的這個男人，一開始也都曾喜歡別人，體驗過明明想在一起，但在一起之後卻又感到尷尬的滋味。為了送一項禮物，苦思良久，第一次為了自己以外的某人如此費心思量，對這樣的第一次感到吃驚，感到疲憊，而現在她才會站在這裡，中原千繪子有這樣的感慨。如今已展現出成人的成熟樣貌。這些年來，中原千繪子不再為情人節該送什麼禮而苦惱。能在服飾店特賣活動時全神投入搶購，讓男友在一旁枯等。中原千繪子對站著看起那本書的藤咲健二說「我也讀過那本書哦」。

這樣啊——他心不在焉地應道。

讀那本書的時候，我覺得自己的人生就這樣改變。

我的感覺倒是沒這麼強烈。

你要不要試著再讀一遍？也許人生會就此改變哦。

中原千繪子這麼說道，同時突然浮現一個想法。如果說我的人生真的有所改變，可能也不是在我讀這本書的時候，而是我為了某人選中這本書的時候。

肚子有點餓了。要不要休息一會兒，去吃碗拉麵？

藤咲健二將書放回紙箱，如此說道。

老是喊休息，你今天到底是做了多少事啊……這句話才剛說出口，中原千繪子便像受到拉麵一詞的引誘般，肚子咕嚕咕嚕叫了起來。

就這麼決定了，東京都市計畫道路幹線街路環狀第七號線的拉麵店開到深夜兩點呢。藤咲健二已穿上擺在沙發上的大衣。中原千繪子也站起身，在散亂的屋內找尋自己的大衣。

走在悄靜的夜街上，中原千繪子想到這個星期一便是情人節。就試著再次投身百貨公司那久違的巧克力賣場吧。她一邊想著此事，一邊伸手勾住未來丈夫的手臂。

後記隨筆　交往經歷

如果有哪對情侶看起來和一般情侶不太一樣，周遭人往往都會肆無忌憚地說「他們也太怪了吧」，或是「他們真的相愛嗎」，不過最後則是說一句「那是他們兩個人自己的事」，而接受這樣的情況。交往的兩人所面對的情況，只有他們自己知道。就算看起來很奇怪，一定也是因為他們只能這樣相處。

不過，一般的情侶、一般的夫妻，又是怎樣的情況，我們也無從得知。交往其實是很私人的事，只要是以我為主體，就只能以我的交往經歷為基準來思考，這麼一來，基準勢必會有偏頗。

我和分手的男友，最後幾乎都還是朋友。會讓他們和我的現任男友見面，也會單獨和他們出外喝酒。我認為這是再普通不過的事。我總覺得，永遠不再見面反而才不自然。這樣不就像餘情未了，見了面之後會心志動搖，所以才避不見面嗎？我和分手的前男友們已無任何眷戀，就算見了面也不會怎樣，所以能當普通朋友。不過，我有幾個朋友說，我這樣的想法很奇怪。她們說，妳的現任男友被安排與前男友見面，竟然能處之泰然，真不容易啊。可是，對我的現任男友來說，被安排與前男友見面，如果覺得很稀鬆平常，那就不會有任何問題了。而認為我與前男友當普通朋友很奇怪的人，認為與前男友分手後，就這樣不再見面才正常。

然而，這種情況下的「正常」，必須得是情侶雙方的共同認知才行。我的現任男友認為與之前的交往對象當普通朋友很正常，如果他認為這樣不正常，應該會排斥吧。認為與先前交往的對象分手後，永遠都不該見面，這樣才正常的人，他現在的交往對象應該也會被迫得這麼做吧。

就這樣，會只在他們兩人之間形成所謂的「正常」。然而，這是最大公約數的「正常」，並非所有人都適用。

感覺我好像絮絮叨叨寫了一大串話，其實我真正想說的是，人與書本的關係，就像這樣。

運動。玩遊戲。在餐廳吃美食。泡溫泉。我覺得做這些事與讀書沒什麼兩樣。就算不運動、不玩遊戲、不吃美食、不泡溫泉，一樣可以過日子，不會有什麼問題，但人們會尋求其他的事來做。而讀書這種行為，也包含其中。而我認為，在這些行為當中，讀書尤其是最私人的一種行為。沒錯，就像與某人一對一展開交往一樣。

我與書本算是老交情了。在上小學前，我與書本有段蜜月期。之後雖然仍繼續閱讀，但真正稱得上蜜月期的，就只有那時候。

上幼稚園的我，比其他孩子發育得晚，不太會說話，不太懂得玩，自然交不到半個朋友。對沒朋友的孩子來說，休息時間很痛苦。

在休息時間，以及等母親來接我放學的時間，為了逃離這種痛苦，我都在看書。看的大多是繪本。因為我還不太會寫字，所以看的都是圖畫比文字多的書。

而書本也確實能幫我帶走痛苦。只要打開書本，它就會馬上牽起讀者的手，帶往另一個世界。我獨處的時間，儘管身在幼稚園裡，卻能帶我到別的世界去，真的很感謝。在那另一個世界裡，我能忘掉自己沒有朋友，或是大家能做到的事，我卻偏偏做不到，不，在那個世界裡，這種事一點都不重要。

光是閱讀我還覺得不滿足，我用蠟筆對單色的繪本上色，在彩色的書本中畫上我的分身，或是畫上動物。藉由這麼做，書本裡的世界與我愈來愈靠近，最後書本裡所描寫的世界，整個都歸我所有。一本專為我而寫的書，專為我而存在的世界。

上了小學後，可能是我的成長步調加快了些，其他孩子能做到的事，我終於也能做到了。我有了朋友。每當休息時間，比起看書，與朋友一起玩得渾身塵土，在操場上東奔西跑，遠為快樂得多。

但我還是無法拋開書本。每天放學回家後，我都會馬上翻開書本。

我認為書本最有趣的地方，就在於進入作品的世界。只要曾經被拉進書本的世界裡，感受過那樣的興奮，一輩子都會沉迷閱讀。而我在幼稚園裡就已經獲得那最原始的喜悅。

記得曾經為了買衣服而到百貨公司，但我卻拜託母親，我不需要買衣服，請買書給我。只要給我書，我就不吵不鬧，所以只要是書，父母都會買給我。在我的成長過程中，我真的認為唯有書才是最奢侈的享受。我看外國的故事、日本的故事、古老的故事、有鬼魂或妖怪出現的故事、真實存在的偉人故事，如果沒書可看，就連講鳥類飼養方法或是蜘蛛生態的書，我都會拿來翻閱。

我家附近就只有一家小型的書店。講難聽一點，就是鄉下常見的那種不賣純文字書的書店。店內賣的是漫畫、週刊雜誌、女性雜誌、漫畫雜誌，還有文具，收銀台上擺著香味橡皮擦的箱子，一旁擺著編織工具。

只要坐上公車前往都心，就有賣書的書店。無比巨大的書店。當我說自己不需要買衣服，央求媽媽買書給我時，她都會帶我去這家書店。

它是位於通往橫濱站的地下街，JOINUS購物中心的有鄰堂。有鄰堂就像遊樂園一樣，深深吸引著年幼的我。是遠比童裝賣場更令人感到興奮的場所。

學校裡頭我最喜歡的地方，也是圖書室，因為那裡有書。我到現在仍清楚記得，黃色的地毯、數量多到看不完的書、玻璃窗以及從窗外射進的陽光、管理圖書室的老師臉上的笑容和聲音。

小二時，我第一次遇見覺得無趣的書。當時我住院。那是我住院時，阿姨替我送來的書。只要是書，不管什麼內容，我都很開心，所以我馬上開始閱讀，但我卻完全看不懂。對我來說，無趣等同無法理解。它是聖修伯里的《小王子》。大開本的彩色書。

我一路看到最後，做出「無趣」的結論，就這樣把那本書拋向一旁，繼續看其他書。自己一個人住院，既寂寞又無聊，但唯獨可以一直看書這件事，我覺得很快樂。那本無法理解的《小王子》，不知被我扔哪兒去了。出院時，我完全忘了有這麼一本書。

話雖如此，我也不可能因為遇上一本無趣的書，而就這樣遠離書本。之後我還是成天跑圖書室，因JOINUS的有鄰堂而興奮。

上了國高中後，我一樣看書。雖然一樣是看書，但與書的交往方式，已與幼稚園和小學的蜜月期不太一樣。

如今回想，當時現實的世界，遠比書中的世界更為忙碌。雖然我一直生活在一個小小的世界裡，但面對年紀、自己、每天、朋友、天天發生的瑣事，為了妥協，我也卯足了全力。簡單來說，後來的我，比起書，更想要衣服，比有鄰堂更令我雀躍的地方到處都有。

不過，我最喜歡的學科是國文。在大部分的課都聽不懂的情況下，只要目光投向課本上的小說，儘管我人在課桌前，一樣能飛往另一個世界展開旅程。至今仍鮮明地記得當時的幾篇小說，以及我追循著文字窺見的另一個世界所帶給我的感觸。夏目漱石的《心》的昏暗和室與碎石子路、《羅生門》的廢墟與黑暗、志賀直哉《在城崎》的陽光與蟲屍。就連漢文的課我也喜歡。因為望著那無法流暢閱讀的漢字排列，那超越時間和空間的異世界會突然出現我面前，一口將我吞噬。

而在我高二那年，我一位好朋友送了我一本小開本的圖畫書。

我一口氣看完，大為讚嘆。它不光帶我前往另一個世界，還給了我很多啟發。多棒的一本書啊，不過，總覺得好像在哪兒讀過。我一直想不起來是在哪兒讀過，但某天我突然想起，大為吃驚。

那是我小二時，在醫院的病床上覺得很無趣，而拋向一旁的《小王子》。帶著彩色版的《小王子》給我的阿姨，在我國一那年過世。她當時給我的那本書，我已沒留在身邊。但當我理解書中所寫的內容時，感覺彷彿再次從阿姨那裡接收這個故事、故事裡的世界、故事中的一字一句。飛越九年的漫長時間，再度送交到我手上的這項贈品，給了我這樣的感覺。

從那之後，我就算讀了覺得很無趣的書，也不會武斷地認定「這很無趣」。這跟我們人一樣。一百人有一百種個性，有一百張臉孔。世上沒有無趣的人。遺憾的是，確實有屬性不合的人，對外表也有每個人各自的喜好，但這不是對方該解決的問題，而是我們自己的問題。無趣的書並不是內容無趣，純粹只是屬性不合，或是不在自己狹小的喜好範圍內，如此而已。只要試著多花點時間，有時會因為一個小小的契機，而與自己原本認為合不來的對象變得非常親近，有時則是自己的喜好就這樣改變。如果只是擅自歸納為「無趣」，這對已經寫好，存在於這世上的書（不是對寫書的人），是很失禮的一件事。

話說，稍微與書保持距離展開交往的我，當上大學生後，感受到莫大的文化衝擊。我攻讀的是文學院的文藝專修系。不論是念語學的同學，還是念專修的同學，全都是閱讀量比我大上五十倍的人。

他們平時談到的作家名字，我都不認識。他們提到的書名，我也沒聽過。自己明明是因為喜歡書、想當小說家，才就讀這所大學的這個學系，但我讀的那些書根本就不夠啊。竟然會有這種事！

大受衝擊的我，刻意不和那些會聊書的人當朋友。因為這樣只會讓我內心更受傷。我總是和那些愛談沒營養的內容或是戀愛話題的人鬼混。然後一聽到不認識的作家，或是不知道的書名，就偷偷閱讀。

原本以為JOINUS的有鄰堂是世界級書店的我，也因為行動範圍擴大，眼界也跟著大幅擴展。新宿的紀伊國屋大得誇張。池袋的Parcobookcenter（現今的LIBRO），讓我很想直接住在裡頭。學校裡也有兩間大規模的書店。離學校最近的車站，也有一走進就不想再出來的書店。

如果說無知也會帶來好處的話，那就是我在這個時期遇見了自己由衷喜歡的書。同學們一臉得意地談論某些作家的小說，我並不覺得多有趣。所以我都試著閱讀他們不會提到的作家。我就讀的大學緊鄰舊書街，所以除了紀伊國屋和Parcobookcenter外，我也常光顧舊書店。從擺在店頭的花車裡挑選購買一些不知名作家的廉價書，回家閱讀。刊登多位作家小說的合集，是非常划算的選擇。一次看五位作家的小說，如果能遇上一位自己喜歡的作家，會覺得很幸運。記住這位作家的名字，到大型書店尋找，便會找到好幾本著作。

從大受文化衝擊的大學畢業後過了一年，我成了作家。儘管成了作家，還是遭受了遠非大學時代所能比的文化衝擊。同業和編輯都比我年長，他們提到的作家和書名，再次聽得我一頭霧水。如果同學們的閱讀量是我的五十倍，那他們就是五百倍。要是有人問我：「妳讀過某某某的××作品嗎？」我都老實地反問：「那是誰啊？」然後編輯就會很傻眼地望著我。

同樣的情況一再反覆。我牢記這些聽聞來的名字，偷偷買來閱讀。有時會遇上很想跳起來大喊「好在認識了他」的作家，有時則是會遇上因為我自己想法太過幼稚而無法理解的作品。

猛然回神，那場文化衝擊也已經是十五年前的事了。

如今我已不會為了要跟上眾人的話題，或是純粹為了知識而閱讀。花了十五年的時間我才明白。世上有閱讀量多出我五百倍，甚至是上千倍的人，就算努力想追上他們也沒意義，如果是玩這種你跑我追的遊戲，那大可不要這些知識，只要一本一本閱讀那些呼喚我的書即可。

沒錯，書會呼喚人。

走在書店的通道上，我能聽到幾個輕聲呼喚我的聲音。我會忠實地聽從聲音，取出那本書。有好幾位作家就是這樣認識的。情人最好只有一位，但以書的情況來說，只要找到屬性合得來，「特別中意」的對象，哪怕是三個、四個，就算是十個，也完全沒問題。這樣的對象愈多，我愈幸福。

擺書的地方，不論是圖書館、舊書店，還是大型書店，都會像我小時候的有鄰堂一樣，令我無比雀躍。而對我來說，四歲時拿在手上的繪本、昨天才打開來看的派翠西亞．海史密斯（Patricia Highsmith）、現在又重看一遍的林芙美子，全都一樣。光是視線循著文字走，書本便會抓著我的手腕，帶我到一個陌生的地方。仔細讓我看遍每個角落。

每次遇上不是那麼有趣的書，我總是在閱讀時心想，要是世上沒有這本書的話，會是怎樣的情形呢？世界或許不會有任何改變，但要是沒有這本書的話，要是沒邂逅那本書的話，我看到的世界肯定會少一抹色彩。所以很慶幸有這本書。幫了我一個大忙。我就像以前那個沒有朋友、大家做得到的事我都做不到、成長遲緩的小女孩一樣，如此思索。

我以書當主題，寫下這本短篇小說。

就像戀愛一樣，連我自己也覺得書中全是想法很偏頗的短篇故事。與書本的交往方式，一定更為多樣。寫完這本書後，我發現這點，突然很想聽聽別人的意見。聽聽這個人與書本私下展開的交往方式。是如何邂逅，如何度過蜜月期，有怎樣的特別關係。日後有機會的話，請告訴我你的故事。你私下與書本展開交往的故事。

春日文庫
ハルヒブンコ
166

在舊書店重逢
さがしもの

在舊書店重逢 / 角田光代作 ; 高詹燦譯. -- 初版. -- 臺北市 :
春天出版國際文化股份有限公司, 2025.06
面 ;　公分. -- (春日文庫 ; 166)
譯自 : さがしもの
ISBN 978-626-7637-94-4(平裝)

861.57　　114005359

ISBN 978-626-7637-94-4
Printed in Taiwan

作　　者　角田光代
譯　　者　高詹燦
總 編 輯　莊宜勳
主　　編　鍾靈

出 版 者　春天出版國際文化股份有限公司
地　　址　台北市大安區忠孝東路4段303號4樓之1
電　　話　02-7733-4070
傳　　眞　02-7733-4069
E－mail　bookspring@bookspring.com.tw
網　　址　http://www.bookspring.com.tw
部 落 格　http://blog.pixnet.net/bookspring
郵政帳號　19705538
戶　　名　春天出版國際文化股份有限公司
出版日期　二〇二五年六月初版
　　　　　二〇二五年七月初版三刷

定　　價　320元

總 經 銷　楨德圖書事業有限公司
地　　址　新北市新店區中興路二段196號8樓
電　　話　02-8919-3186
傳　　眞　02-8914-5524
香港總代理　一代匯集
地　　址　九龍旺角塘尾道64號 龍駒企業大廈10 B&D室
電　　話　852-2783-8102
傳　　眞　852-2396-0050